이선 프롬

Ethan Frome

세계문학전집 367

이선 프롬

Ethan Frome

이디스 워튼

김욱동 옮김

민음사

차례

프롤로그

나는 이 이야기를 여러 사람한테서 조금씩 얻어들었고, 이런 경우에 으레 그렇듯이 이야기는 들을 때마다 조금씩 달랐습니다.

매사추세츠주에 있는 스탁필드[1]라는 마을을 아는 사람이라면 그 우체국을 알 겁니다. 이 우체국을 알고 있다면 아마 이선 프롬이 그곳으로 마차를 몰고 와서 등이 움푹 파인 밤색 말에 고삐를 얹어 놓고는 몸을 질질 끌며 벽돌로 포장한 길을 가로질러 흰 주랑을 향해 걸어가는 모습을 보았을 겁니다. 그리고 도대체 그 사람이 누구인지도 물어봤을 테지요.

몇 해 전 내가 그 사람을 처음 본 것도 바로 그곳에서였습니

---

1) 미국 매사추세츠주 서부 산간 지방 버크셔를 모델로 삼아 창조한 가공의 마을. '황량한 들판'을 뜻하는 상상의 마을은 레녹스 근교 스톡브리지, 피츠필드와 비슷하다.

다. 그 광경을 보고 나는 갑자기 걸음을 멈췄습니다. 폐인이나 다름없었지만 그때도 그는 스탁필드에서 가장 사람의 눈을 끄는 인물이었습니다. 뭐 키가 커서는 아니었습니다. 그곳 '토박이들'은 후리후리하게 키가 커서 좀 더 땅딸막한 외부 태생의 종(種)들과는 쉽게 구별이 되었기 때문이지요.[2] 오히려 사람들의 이목을 끈 것은 걸음을 옮길 때마다 절룩거리는 다리가 덜컹대는 쇠사슬처럼 제지하는데도 태평스럽고 강렬한 그 얼굴이었습니다. 그 사람의 얼굴에는 어딘지 모르게 쓸쓸하면서도 가까이 접근하기 어려운 무언가가 감돌았습니다. 몸이 너무 뻣뻣하고 머리가 희끗희끗해서 노인네로 생각했는데 쉰두 살밖에 안 되었다는 말을 듣고 깜짝 놀랐답니다. 나는 이 말을 하면 가우한테서 들었습니다. 그는 전차가 들어오기 전에 베츠브리지[3]에서 스탁필드로 역마차를 몰고 다니던 사람으로 자기 노선 내에 있는 모든 집안의 족보를 훤히 꿰고 있었습니다.

"저 사람은 그때 충돌 사고를 겪은 후로 늘 저 모양이야. 그게 오는 2월이면 벌써 스물네 해째가 되는군." 하먼은 추억에 잠긴 듯 잠시 입을 다물었다가 내뱉듯이 말했습니다.

그 큰 '충돌' 사고는(나는 이 말을 그 하먼한테서 들었지요.) 이선 프롬의 이마를 가로질러 붉은 흉터를 남겼을 뿐 아니라 오른쪽 옆구리를 아주 짧고 뒤틀어지게 만들어 그는 마차에서 내려 우체국 창구까지 몇 걸음을 걸어가는데도 꽤나 힘들어

---

2) 스탁필드 원주민들은 외부에서 들어온 사람들과 비교할 때 키가 더 크다.
3) 매사추세츠주 스톡브리지를 모델로 만든 허구의 소도시.

보였습니다. 그 사람은 매일 정오쯤 자기 농장에서 마차를 몰고 왔습니다. 내가 우편물을 찾으러 가는 것도 그때라서 우체국 현관에서 종종 그를 지나치거나, 아니면 창살 뒤에서 우편물을 내어 주는 손의 움직임을 바라보며 기다리는 동안 그의 곁에 서 있었습니다. 그는 시간을 꼭 맞춰 왔는데《베츠브리지이글》한 부 말고는 다른 우편물을 받는 일이 드물었지요. 그는 신문을 훑어보지도 않고 축 늘어진 호주머니 속에 쑤셔 넣었습니다. 하지만 어쩌다 우체국 직원이 '제노비아[4] 프롬 부인'이라는(또는 '지나 프롬 부인'이라는) 이름이 적힌 편지 봉투를 내줄 때도 있었습니다. 대개는 봉투 왼쪽 상단에 어떤 특허 의약품 제조업자의 주소와 특효약 이름이 눈에 잘 띄게 적혀 있었습니다. 내 옆에 서 있던 이선 프롬은 이런 서류에 너무 익숙해 그 수나 종류에는 별로 관심이 없다는 듯 이것 또한 쳐다보지 않고 그냥 호주머니에 넣고는, 우체국 직원에게 한마디 말도 없이 고개를 끄덕이고 돌아서 가 버렸습니다.

스탁필드에 사는 사람은 누구나 다 이선을 잘 알았고, 그 근엄한 태도에 걸맞게 인사를 건넸습니다. 하지만 그의 과묵함을 존중해 아주 어쩌다 드물게 그곳 노인들 중 한 사람이 그를 붙잡고 말을 붙이는 정도였지요. 이럴 때도 그는 푸른 눈으로 말하는 상대방의 얼굴을 쳐다보며 잠자코 듣기만 하다가 아주 나지막한 목소리로 대답했기 때문에 그의 말은 전혀 내 귀

---

4) 3세기에 세워진 팔미라 제국의 여왕 이름. 잔인하고 야심 많은 것으로 악명이 높았다.

에 들리지 않았습니다. 그러고 나서 마차에 간신히 기어 올라가 왼손에 고삐를 모아 잡고 자기 농장 쪽으로 천천히 말을 모는 거예요.

"꽤나 심한 충돌 사고였던 모양이죠?" 내가 하먼에게 물었습니다. 점점 멀어지는 프롬의 뒷모습을 바라보며, 그리고 그의 튼튼한 두 어깨가 구부정해져 제 모습을 잃기 전에는 옅은 갈색 머리카락의 조그마한 머리가 얼마나 당당하게 그 어깨 위에 얹혀 있었을까 생각하면서 말입니다.

"최악이었지." 하먼이 내 말에 맞장구를 쳤습니다. "웬만한 사람 같았으면 죽고도 남을 사고였어. 그렇지만 프롬네 집안 사람들은 워낙 단단해서. 이선은 아마 백 살은 살 거야."

"맙소사!" 내가 소리쳤습니다. 그때 이선 프롬은 자기 자리로 올라가 마차 뒤쪽에 나무 상자가 — 아니나 다를까 그 상자에는 역시 약제사의 상표가 붙어 있었지요 — 안전하게 실렸나 보기 위해 몸을 숙였습니다. 나는 아마도 그가 자기 혼자 있다고 생각할 때 지을 법한 얼굴 표정을 보았습니다. "그래 저 사람이 백 살을 산다는 말입니까? 벌써 죽어서 지금 지옥에 있는 사람처럼 보이는데요!"

하먼은 주머니에서 씹는담배 한 덩이를 꺼내 쐐기 모양으로 잘라 가죽 주머니처럼 늘어진 한쪽 뺨 안에 밀어 넣었습니다. "저이는 스탁필드에서 너무 많은 겨울을 난 것 같아. 똑똑한 친구들은 대부분 이곳을 떠나는데 말이지."

"왜 저 사람은 떠나지 않았나요?"

"누군가 남아서 집안 식구들을 돌봐야 했거든. 이선 말고는 아무도 그럴 사람이 없었어. 맨 처음에는 아버지를…… 그다음에는 어머니를…… 또 그다음에는 아내를 말이야."

"그러고 나서 그 충돌 사고가 일어났나요?"

하면은 비웃듯이 킥킥거렸습니다. "그런 셈이지. 그러고는 머물지 않으면 안 되게 되었지."

"그렇군요. 그리고 그 뒤로는 집안 식구들이 그를 돌봐 줘야 했단 말이군요?"

하면은 생각에 잠겨 담배를 다른 편 뺨에 옮겨 물었습니다. "아, 그거에 관해서라면 보살핀 쪽은 늘 이선이었을걸."

하면 가우는 그의 정신과 도의가 허용하는 범위까지 이야기를 전개했지만 그가 말해 준 사실들 사이에는 상당한 구멍이 있었고, 나는 이 이야기의 좀 더 깊은 뜻은 오히려 이 빠진 부분에 있다는 느낌을 받았지요. 그런데 한마디 말이 내 기억 속에 계속 맴돌아 이후 나의 추론을 갈무리하는 데 핵심적인 단서 구실을 했습니다. 바로 "저이는 스탁필드에서 너무 많은 겨울을 난 것 같아."라는 말이었지요.

그 지방에서 근무 기간이 끝나기 전에 나는 그 말이 무슨 뜻인지 알게 되었습니다. 내가 거기에 간 때는 전차, 자전거, 지방 우편 배달 제도가 생긴 타락한 시대였습니다. 여기저기 흩어진 산간 촌락 사이에도 왕래가 쉽고, 베츠브리지나 섀즈폴스[5] 같은 산골 큰 읍내에는 도서관, 극장, 기독교청년회관(YMCA)이 있어 산간에 사는 청년들도 오락을 즐기러 내려올

_____

5) 스탁필드, 베츠브리지와 마찬가지로 허구의 지명이다.

수 있었어요. 하지만 겨울이 스탁필드를 봉쇄하고 마을이 희뿌연 하늘로부터 끝없이 내리는 눈으로 뒤덮였을 때 나는 이선 프롬의 청년 시절에 그곳에서의 삶이(삶이라기보다는 차라리 그 반대이겠지만) 어떠했을지 깨닫기 시작했습니다.

나는 코베리정션에 있는 큰 발전소[6]와 관련한 일로 고용주의 지시 아래 그 지역에 파견되었는데, 목수들의 파업이 길어지면서 일이 너무 지연되어 그해 겨울의 대부분을 스탁필드에 — 코베리정션에서 가장 가까운 주거지였지요 — 꼼짝없이 묶여 있어야만 했습니다. 처음에는 안달이 났지만 틀에 박힌 일상의 최면 효과 탓에 차츰차츰 그곳 생활에서 그런대로 만족을 찾기 시작했습니다. 그곳에 머물던 처음 얼마 동안은 생명력 넘치는 기후와 그 마을의 죽은 듯한 무기력 사이의 대비에 충격을 받았지요. 12월의 눈이 그친 뒤에는 눈부시게 찬란한 푸른 하늘이 하루가 다르게 햇빛과 바람을 폭포처럼 퍼부어 댔습니다. 그러면 새하얀 풍경은 한층 더 강렬한 광채를 내뿜었어요. 그런 분위기는 인간의 생명뿐 아니라 감정까지 생동하게 하는 것 같았습니다. 하지만 그것은 가뜩이나 느린 스탁필드의 맥박을 한층 더 늦추는 것 말고는 아무런 변화를 가져다주지 못하는 듯했습니다. 내가 그 지역에 좀 더 머물면서 수정같이 맑은 날씨가 지나가고 오랫동안 햇빛 한 점 볼 수 없는 추운 날씨가 계속되는 것을 보았을 때, 2월의 폭풍이 그 운명의 마을 주위에 흰 천막을 둘러치고 3월의 강풍이 난폭

---

6) 매사추세츠주 서부에 전기가 들어온 것은 1880년대 후반이다.

한 기병대를 이끌고서 이 폭풍을 지원하려고 돌진해 내려올 때, 나는 왜 스탁필드가 마치 굶주린 수비대가 살려 달라는 애원도 없이 항복하듯 여섯 달 동안의 포위에서 빠져나오는지를 이해하기 시작했습니다. 이십 년 전이면 저항의 방법이 훨씬 적었을 테고, 적도 포위된 마을들 사이의 접근로를 거의 완전히 손아귀에 넣고 있었을 겁니다. 이런 사실들을 고려할 때 "똑똑한 친구들은 대부분 떠나는데 말이지."라는 하먼의 말이 어떤 불길한 힘을 간직한 것처럼 느껴졌지요. 하지만 사정이 그랬다면 도대체 어떤 방해물이 뒤얽혀 있었기에 이선 프롬 같은 사람의 탈출을 막았을까요?

스탁필드에 머무는 동안 나는 '네드 헤일 부인'으로 알려진 중년의 과부 집에서 지냈습니다. 헤일 부인의 아버지는 한 세대 전에 이 마을의 변호사였지요. 그래서 여주인과 그 어머니가 지금도 살고 있는 '바넘 변호사의 집'은 이 마을에서 가장 큰 저택이었습니다. 이 집은 큰 거리의 한끝에 자리했는데 고전적인 주랑과 작은 판유리를 끼운 창문이 노르웨이 전나무들 사이로 판석이 깔린 길을 내려다보며 조합파[7] 교회의 뾰족한 흰 첨탑을 마주하고 서 있었지요. 바넘 집안의 운세가 기운 것이 분명했지만 두 부인은 적절한 품위를 지키려고 온 힘을 기울였습니다. 특히 헤일 부인은 고색창연한 저택에 걸맞게 어렴풋하나마 세련된 태도를 지니고 있었습니다.

---

7) 영국 청교도주의에서 파생해 발달한 개신교 교회의 하나. 각 교회의 독립 자치의 원칙에 입각하여 교회 상호간 교류를 존중하지만 각 교회에 대한 상부 지배를 부정하고 국가로부터 분리를 주장한다.

콜록콜록 소리를 내며 타는 카셀등[8]이 검은 말총과 마호가니 가구[9]들을 환히 비추는 '객실'에서 나는 저녁마다 좀 더 미묘하게 채색된 또 다른 스탁필드의 역사를 들었습니다. 네드 헤일 부인은 주위 사람들보다 사회적으로 우월하다고 느끼거나 짐짓 그런 척하지도 않았습니다. 다만 다른 사람들보다 우연히 감수성이 좀 더 섬세하다는 것과 교육을 좀 더 많이 받았다는 사실 때문에 자신과 마을 사람들 사이에 충분한 거리를 두고 그들을 사심 없이 객관적으로 판단할 뿐이었지요. 여주인이 이 능력을 행사하고 싶어 하지 않는 것은 아니었어요. 그래서 나는 이선 프롬에 관한 이야기에서 빠진 사실이나 아니면 내가 이미 아는 사실을 잘 정리할 그의 성격에 관한 단서를 듣게 될 거라고 큰 기대를 품었습니다. 그 부인의 기억은 마치 악의 없는 일화들을 보관하는 저장소와 같아서 그녀가 아는 사람들에 관해 무엇이든 물어보면 자세한 정보를 듬뿍 들려주었지요. 그런데 이상하게도 이선 프롬에 관한 화제만 나오면 좀처럼 말이 없었습니다. 물론 그렇다고 그 침묵에 못마땅한 기색이 묻어 있는 것은 아니었어요. 다만 나는 부인이 이선이나 그의 일에 관해 말하기를 무척이나 꺼린다고 느꼈을 따름이었습니다. 기껏해야 나지막한 목소리로 "네, 그랬어요, 난 두 사람을 다 잘 알고 있었어요…… 정말 끔찍한 일이었죠……." 하고 고통스럽게 말하는 것이 내 호기심에 대한 최대

---

8) 18세기 프랑스 발명가 베르트랑 카셀이 만든 램프. 시계 장치를 통해 심지에 기름을 끌어 올리는 과정에서 마치 기침하는 듯한 소리가 난다.
9) 이 무렵 말총 가구와 마호가니 가구는 고급에 속했다.

한의 배려인 듯했습니다.

부인이 너무 눈에 띄게 태도를 바꾸는 데다 그 태도가 엄숙하고 슬픈 비밀을 전수하는 듯했기 때문에 나는 실례를 무릅쓰고 이 마을의 신탁을 전하는 신의 사자 격인 하먼 가우에게 다시 이 문제를 꺼냈습니다. 그렇지만 수고에도 불구하고 이해할 수 없는 불평만 들었을 뿐이었지요.

"루스 바넘은 늘 생쥐같이 신경이 예민했어. 그러고 보니 그이들이 발견된 뒤 처음으로 본 사람이 루스였네. 루스가 네드 헤일과 약혼했을 무렵이었지. 바넘 변호사 댁 바로 아래 코베리 도로 모퉁이에서 일어난 일이야. 젊은이들은 다들 친구였지. 그래서 루스가 그 일에 대해 얘기하는 걸 견디기 힘들어하는 모양이야. 하기야 자기 일만으로도 걱정거리가 산더미처럼 쌓였으니."

스탁필드의 주민들은 좀 더 큰 다른 마을 주민들과 마찬가지로 자기네 걱정거리만으로도 너무 벅차서 이웃의 걱정거리에는 비교적 무관심한 편이었습니다. 모두들 이선 프롬의 걱정거리가 보통 수준을 넘어선다고 인정하면서도 누구 하나 그의 얼굴 표정에 대해 설명해 주는 사람이 없었지요. 아무리 생각해도 그 표정은 가난이나 육체적 고통 때문인 것 같지 않았습니다. 그렇기는 해도 헤일 부인의 침묵이 흥미를 돋우지만 않았더라면, 그리고 그 일이 있고 며칠 뒤에 우연히 그 주인공과 개인적으로 접촉할 기회가 없었더라면 나는 이런 여러 힌트들을 짜 맞춘 이야기에 만족했을지도 모릅니다.

스탁필드에 처음 도착했을 때 그곳에서 가게를 운영하며

말 세놓는 일 비슷한 것을 하는 부유한 아일랜드계 잡화상[10] 데니스 이디가 나를 날마다 코베리플래츠까지 데려다주기로 했습니다. 거기에서 정선행 기차를 타야 했지요. 그런데 겨울 중반 즈음 이디의 말들이 그 지방에 도는 역병에 걸렸습니다. 그 병은 스탁필드에 있는 다른 마구간에도 번져서 하루 이틀 동안 교통편을 얻느라고 쩔쩔맸지요. 그때 하먼 가우가 이선 프롬의 밤색 말은 아직 다리가 멀쩡하니 어쩌면 그 주인이 기꺼이 나를 태워 줄지 모른다고 귀띔해 주었습니다.

그 제안에 나는 눈이 동그래졌습니다. "이선 프롬요? 하지만 그 사람하고는 한 번도 말을 해 본 적이 없는데요. 도대체 그 양반이 뭐 하러 나 때문에 그런 수고를 하겠습니까?"

하먼의 대답을 듣고 깜짝 놀랐습니다. "그 사람이 태워다 줄지는 나도 알 수 없어. 하지만 1달러[11]라도 버는 일이라면 마다하지 않으리라는 건 알지."

나는 프롬이 가난하다는 말과 그의 목재소와 농장의 척박한 토지로는 그 집안 식구가 겨울을 날 만한 소출을 내지 못한다는 말을 들은 적이 있었습니다. 하지만 하먼이 암시한 것처럼 프롬이 그렇게 곤궁하리라고는 미처 생각하지 못했기 때문에 놀라지 않을 수 없었습니다.

---

10) 1847년 아일랜드에 감자 기근이 들어 아일랜드 사람이 미국으로 많이 이주해 왔다. 17세기에 신대륙에 도착한 앵글로색슨계 초기 영국 이민자들은 아일랜드계 이민자들을 멸시했다.
11) 1900년 당시 노동자들의 평균 임금은 주급 12달러, 연봉 624달러 정도였다.

"글쎄, 그이가 일이 그렇게 썩 잘 풀리지 않는단 말이야." 하먼이 말했습니다. "하고자 하는 일들을 이십 년이 넘게 폐선처럼 죽치고 앉아서 바라만 보고 있으니 마음이 상하고 용기를 잃을 법도 하지. 프롬네 농장은 늘 홀아비 주머니처럼 텅 비어 있지 뭔가. 저 오래된 물방아[12] 하나가 지금 몇 푼이나 나가겠나. 이선이 해 뜰 무렵부터 캄캄한 밤까지 농장과 물방앗간에서 뼈 빠지게 일할 수 있었을 때는 그럭저럭 입에 풀칠은 했었어. 하지만 그때도 식구들이 거의 모든 걸 먹어 치웠지. 원, 지금은 어떻게 살아가는지 통 모르겠네. 처음엔 그 아버지가 건초를 걷어 들이다 말에 받혀 정신이 나가서 죽기 전에 돈을 물 쓰듯 했거든. 그러더니 그 어머니가 또 살짝 돌아서 갓난아이처럼 약해져 몇 해를 끌었지. 그리고 이번엔 아내 지나 차례였어. 우리 마을에서 병간호는 늘 지나를 따를 사람이 없었는데 말이야. 말하자면 이선의 밥그릇은 첫술을 뜰 때부터 질병과 걱정거리로 가득 차 있었던 거지."

그 이튿날 아침 밖을 내다보았을 때 바넘네 집 전나무 사이로 등이 굽은 밤색 말 한 마리가 눈에 들어왔습니다. 이선 프롬이 다 떨어진 곰의 털가죽을 뒤로 젖혀 놓고 썰매 위 그의 옆에 내 자리를 만들어 주었습니다. 그 뒤 일주일 동안 그 사람은 매일 아침 코베리플래츠까지 나를 태워다 주었고, 오후에는 나를 마중 나와 얼음같이 차가운 밤에 스탁필드까지 데

---

12) 이 무렵 스탁필드에는 아직 전기가 들어오지 않아 수력을 이용해 방아를 찧고 목재를 켰다.

려다주었지요. 거리는 편도로 겨우 5킬로미터밖에 안 되었지만 말이 늙어서 걸음이 느린 데다 썰매 날 밑에 눈이 돌처럼 딱딱하게 굳어 있어 길에서 거의 한 시간이나 보냈습니다. 이선 프롬은 왼손에 고삐를 느슨히 쥐고서 말없이 말을 몰았지요. 투구 모양의 챙 아래 꿰맨 자국이 있는 그의 구릿빛 옆얼굴은 눈 쌓인 언덕을 배경으로 영웅의 동상처럼 뚜렷하게 윤곽을 드러냈습니다. 그 사람은 한 번도 내게 얼굴을 돌리는 법이 없었지요. 내가 묻는 말이나 용기를 내어 던지는 가벼운 농담에도 무뚝뚝하게 한두 마디로 대꾸하는 게 다였어요. 그는 말없는 우울한 풍경의 한 부분인 것만 같았고, 그 안의 온기와 마음은 표면 아래에 꽁꽁 묶인, 말하자면 얼어붙은 슬픔의 화신과도 같았습니다. 하지만 그의 침묵에 어떤 적의가 담겨 있는 것은 아니었습니다. 나는 단지 쉽게 다가가기에는 그가 너무나 깊은 정신적 고립 속에 살고 있다고 느꼈을 뿐이에요. 또한 그의 외로움이 단순히 비극적이리라고 생각되는 개인적인 곤경의 결과가 아니라 그 속에 하먼 가우가 넌지시 말한 것처럼 스탁필드의 허다한 겨울 추위가 엄청나게 축적되어 있다는 느낌을 받았습니다.

겨우 한두 번 우리 두 사람 사이에 잠시 다리가 연결되었습니다. 그 몇 번의 일별로 그에 대해 좀 더 알고 싶은 욕망이 생겼지요. 한번은 우연히 그 전해에 플로리다주[13])에서 맡았던 토목 공사 일에 대해, 우리 주위의 겨울 풍경과 전해에 내

---

13) 대서양 연안 미국 최남단에 위치한 이곳은 일 년 중 겨울이 절반가량을 차지하는 뉴잉글랜드 사람들에게는 예나 지금이나 선망의 땅이다.

가 겪었던 겨울 풍경의 차이에 대해 이야기했습니다. 그랬더니 놀랍게도 프롬이 갑자기 이렇게 말하는 거였습니다. "그래요. 나도 한번 그곳까지 내려가 본 일이 있었소. 그 후 한동안은 겨울에 그곳의 모습을 떠올릴 수 있었지. 지금은 모두 다 눈 속에 파묻혀 버렸지만."

그 사람은 더 이상 말하지 않았습니다. 나는 목소리의 억양과 갑자기 침묵으로 되돌아간 사실로 그 나머지를 추측할 수밖에 없었습니다.

또 하루는 플래츠에서 기차를 타자마자 기차 안에서 읽으려고 챙겼던 일반 대중용 과학 서적이 — 아마 생화학 분야에서 새로 발견한 어떤 것에 관한 책이었으리라고 생각되는데 — 없어진 것을 알아차렸습니다. 나는 그날 저녁 다시 썰매에 올라타서 프롬의 손에 들린 것을 볼 때까지 이 책에 대해 까맣게 잊고 있었습니다.

"선생이 떠난 뒤 이 책을 발견했소." 그가 말했습니다.

나는 그 책을 호주머니에 집어넣었고, 우리는 또다시 보통 때와 같이 침묵에 잠겼습니다. 그런데 코베리플래츠에서 스탁필드 산등성이로 긴 고개를 올라가기 시작했을 때 나는 그가 어둠 속에서 내 쪽으로 얼굴을 돌린 것을 알아챘습니다.

"그 책은 첫 글자도 이해할 수 없더군요." 그가 말했습니다.

나는 그의 말 자체보다 어조가 이상스럽게 원한에 차 있어 놀랐습니다. 그는 자신의 무지에 당황한 빛이 역력했고, 그 사실에 약간 화가 나 있었지요.

"그런 종류의 것들에 흥미가 있습니까?" 내가 물었습니다.

"예전에는 그랬소."

"그 책에 한두 가지 새로운 사실이 실려 있어요. 그쪽 계통 연구에서 최근 들어 큰 진전이 있었답니다." 잠시 대답을 기다렸지만 그는 끝내 말을 하지 않았지요. 그래서 내가 말했습니다. "만약 그 책을 읽어 보고 싶다면 드리죠."

그 사람은 잠시 망설였습니다. 조수처럼 슬며시 밀려오는 무기력한 허탈 상태에 자신을 내맡기려는 듯한 인상을 받았습니다. "고맙소……. 그럼 내가 갖지요." 그가 짤막하게 말했습니다.

나는 이 우연한 사건으로 우리 두 사람 사이에 좀 더 직접적인 의사소통이 이루어지기를 바랐습니다. 프롬은 아주 단순하고 솔직한 사람이라서 그 책에 대한 호기심이 그 주제에 진심으로 흥미가 있어 우러나온 것이라고 확신했습니다. 그런 상황에 놓인 사람으로서 그 같은 취향과 식견을 가졌다는 것이 그의 외적 상황과 내적 요구 사이의 대비를 더 날카롭게 드러냈지요. 그래서 나는 그 내적 요구를 표현할 기회가 생겨 그의 입이 열리길 기대했습니다. 하지만 어떤 우연한 충동으로 다시 인간 사회로 이끌기에는 그가 과거 이력이나 현재 생활 방식의 그 무엇 때문에 자기 안에 너무나 깊숙이 파묻혀 있었습니다. 그 뒤 다시 만났을 때 프롬은 그 책에 대해 입도 뻥긋하지 않았고, 우리의 교류는 여전히 부정적이고 일방적인 채로 남을 수밖에 없는 운명 같았습니다. 마치 그의 침묵이 한 번도 깨진 적 없었던 것처럼 말입니다.

프롬이 나를 플래츠까지 태워다 준 지 일주일쯤 지난 어느 날 아침 창밖을 내다보니 눈이 내려 수북하게 쌓여 있었습니다. 정원의 담장과 교회의 벽을 따라 흰 파도처럼 높이 쌓인 눈으로 보아 밤새도록 모진 눈바람이 몰아친 것 같았고, 모르긴 몰라도 확 트인 벌판에는 눈이 꽤 많이 쌓였을 듯했습니다. 기차가 연착할지 모른다는 생각이 들었지요. 하지만 나는 그날 오후 한두 시간은 발전소에 있어야 했습니다. 그래서 만약 프롬이 나타난다면 무리를 해서라도 플래츠까지 가 기차가 올 때까지 거기서 기다리기로 했지요. 그런데 왜 내가 그 일을 가정법으로 생각했는지는 도무지 모를 일이었습니다. 프롬이 나타나리라는 것을 한 번도 의심해 본 적이 없었으니까요. 프롬은 날씨가 나쁘다고 해서 일을 그만둘 그런 사람이 아니었어요. 아니나 다를까 약속된 시간이 되자 그의 썰매가 점점 짙어지는 면사포 같은 얇은 안개를 뒤로한 채 무대에 등장하는 유령처럼 눈 속을 뚫고 미끄러져 왔습니다.

나는 그를 잘 알기 때문에 그가 약속을 지킨 데 대해 놀라거나 고마움을 표시하지 않았습니다. 하지만 그가 코베리 도로 반대쪽으로 말 머리를 돌리자 놀라서 소리를 질렀어요.

"플래츠 아래쪽에 쌓인 눈더미에 화물 열차가 갇히는 바람에 철로가 막혀 버렸소." 그가 눈부신 하얀 눈 속으로 마차를 몰면서 설명했습니다.

"하지만 이봐요…… 그럼 나를 어디로 데려가는 겁니까?"

"지름길을 통해 곧장 정선으로 가야죠." 그는 채찍으로 스쿨하우스힐 쪽을 가리키면서 대답했습니다.

"정선으로요…… 이런 눈보라에 말입니까? 아니, 16킬로미터는 족히 될 텐데요!"

"시간만 주면 이 말로 갈 수 있을 거요. 오늘 오후에 거기 일이 있다고 하지 않았소. 그곳에 꼭 데려다주리다."

그 사람이 하도 조용조용 말하는 바람에 나는 "저한테 참으로 친절하십니다."라는 대답밖에는 할 수 없었지요.

"괜찮소." 그가 대답했습니다.

학교 건물 앞에서 도로는 둘로 갈라졌고, 우리는 눈의 무게에 눌려 안으로 휜 솔송나무 가지들 사이로 난 왼쪽 오솔길을 따라 내려갔습니다. 나는 일요일에 가끔 이 길을 산책한 일이 있어서 고개 아래의 앙상한 나뭇가지들 사이로 보이는 외딴 지붕이 프롬네 목재소[14]인 것을 알았습니다. 황백색 거품이 흩어지는 검은 시내 위에 놓고 서 있는 물레바퀴와 흰 눈에 눌려 축 처진 헛간들이 딸린 목재소는 도무지 생기가 없어 보였습니다. 그곳을 지날 때 프롬은 고개도 돌리지 않고 아무 말 없이 그다음 언덕을 올라가기 시작했지요. 1.6킬로미터쯤 더 가자 내가 한 번도 지난 적 없는 길에서 우리는 황폐해진 사과나무 과수원에 닿았습니다. 그 과수원은 숨을 쉬기 위해 코를 내민 짐승처럼 눈을 뚫고 나온 판석의 노두들 사이에서 언덕 위로 꿈틀거리고 있었습니다. 과수원 건너편에는 바람에 날려 수북이 쌓인 눈 때문에 들판이 경계선도 없이 펼쳐 있었어요. 그 벌판 위쪽에는 땅과 하늘의 무한한 흰빛을 배경으로 이

---

14) 전기가 들어오지 않아 물방앗간과 마찬가지로 목재소도 수력을 이용해 재목을 잘랐다.

풍경을 한층 더 외롭게 만드는 뉴잉글랜드[15]의 을씨년스러운 농가 한 채가 웅크리고 있었습니다.

"저게 우리 집이오." 프롬이 잘 움직이지 않는 팔꿈치를 옆으로 들어 올리며 말했습니다. 그 풍경이 가져다주는 고통과 압박감에 나는 뭐라고 대답해야 좋을지 몰랐습니다. 어느덧 눈은 그치고 흐르는 물 같은 햇살이 섬광처럼 우리 위쪽 비탈길에 있는 그 애처롭고 누추한 집을 드러냈습니다. 검은 유령 같은 낙엽성 넝쿨 식물이 현관에서 펄럭거렸고, 페인트칠이 떨어져 나간 얇은 나무 벽은 눈이 그치면서 불기 시작한 바람 속에서 떨고 있는 것 같았습니다.

"아버지가 살아 계실 땐 저 집이 지금보단 컸지. 얼마 전에 '엘(L)'을 허물어야 했소." 프롬은 부서진 대문으로 들어가려는 말을 왼쪽 고삐를 잡아당겨 제지하며 말했습니다.

나는 그제야 이 집이 유난히 외롭고 위축되어 보이는 까닭이 어느 정도는 뉴잉글랜드에서 '엘'로 알려진 부분을 없앴기 때문이라는 것을 알았습니다. '엘'이란 보통 본채와 직각으로 지은 길고 지붕이 높은 부속 건물로 헛간과 연장 창고를 거쳐 장작 창고와 소 외양간과 연결되어 있었습니다. 이 '엘'이 본채보다 더 뉴잉글랜드 농가의 중심이며 초석처럼 보이는 것은 분명했습니다. 그 상징적 의미, 그러니까 땅과 연관된 데다 그 자체로 따뜻함과 자양분의 주요 원천을 포함하는 삶에 대

---

15) 북동부의 대서양 연안에 있는 매사추세츠주, 코네티컷주, 로드아일랜드주, 버몬트주, 메인주, 뉴햄프셔주의 여섯 개 주로 이루어진 지역.

해 그 '엘'이 지니는 이미지 때문인지 모르지요. 혹은 단순히 '엘'이 추운 기후에 사는 주민이 바깥에 나가지 않고도 아침 일을 시작할 수 있도록 해 준다는 위안이 되는 생각 때문인지도 모릅니다. 어쩌면 스탁필드 주변을 산책하면서 내 머리에 자주 떠오르던 생각들이 이렇게 연결되어 있는 탓에 프롬의 말에서 서글픈 어조를 듣고, 줄어든 그 집에서 프롬의 오므라든 육체를 보았을지 모르겠습니다.

"지금은 왕래가 다소 줄었지만 철도가 플래츠까지 뚫리기 전엔 이 길이 꽤 붐볐다오." 그가 덧붙였습니다. 그는 다시 한 번 고삐를 잡아당겨 걸음이 느려지는 밤색 말을 몰았습니다. 그러고 나서 마치 그 집을 본 내가 그의 비밀을 너무 깊이 알게 되어 이제는 더 침묵을 지킬 구실이 없어지기라도 한 듯 천천히 말을 이었습니다. "우리 어머니가 제일 괴로워하신 게 바로 저것 때문이라고 늘 생각해 왔소. 관절염으로 움직이지도 못할 만큼 무척 고생하실 때 늘 저기 나와 앉아서 몇 시간이고 길만 내다보고 계셨지. 어느 해던가 홍수가 나서 베츠브리지 유료 도로를 여섯 달에 걸쳐 보수하게 되어 하먼 가우가 역마차를 몰고 이 길로 돌아가야 했다오. 그땐 어머니도 원기를 회복해 거의 매일같이 문간까지 내려와 하먼을 만났소. 하지만 기차가 다니기 시작한 뒤부터는 이렇다 할 만한 사람이 이쪽으로 오는 일이 없어졌고, 어머니는 도대체 무슨 영문인지 이해할 수 없었지. 그리고 돌아가실 때까지 줄곧 그것 때문에 마음 상해하셨다니까."

코베리 도로로 들어서자 다시 눈이 내리기 시작하여 그 집도 시야에서 사라지게 되었습니다. 눈과 함께 프롬의 침묵도 되돌아와 우리 두 사람 사이에 전과 같이 무언의 면사포기 드리워졌지요. 눈이 다시 내리기 시작했는데도 이번에는 바람이 그치지 않았습니다. 그치기는커녕 오히려 모진 강풍으로 변해 이따금 넝마처럼 갈기갈기 찢어진 하늘에서 창백한 햇빛을 쓸어다가 아무렇게나 뒹굴고 있는 풍경 위에 내동댕이쳤습니다. 하지만 밤색 말은 프롬의 얘기대로 든든했지요. 우리는 황량한 백색 풍경을 헤치고 정선까지 밀고 나갔습니다.

오후에 눈보라가 그쳤고, 경험이 없는 내 눈에도 서쪽 하늘이 훤한 것이 저녁에는 날씨가 갤 듯해 보였습니다. 나는 가능한 한 일을 빨리 끝내고 저녁 식사 전까지는 스타필드에 도착하겠다는 기대를 품고 길을 나섰습니다. 그런데 해가 지자 구름이 다시 몰려왔고 밤도 더 일찍 찾아왔지요. 바람 없는 하늘에서 눈이 줄기차게 계속 퍼부어 대기 시작했습니다. 아침의 강풍과 소용돌이보다 더 혼란스럽게 천지를 부드럽게 뒤덮었습니다. 그것은 짙어 가는 어둠의 한 부분인 듯했고, 겨울밤 자체가 우리 위에 겹겹이 내려 쌓이는 듯했지요.

프롬의 초롱불에서 나오는 희미한 불빛은 이 질식할 듯한 대기 속에서 곧 빛을 잃어버렸습니다. 그의 방향 감각과 밤색 말의 귀소 본능마저도 마침내 아무 쓸모가 없게 되었지요. 두세 번쯤 유령처럼 갑자기 이정표가 나타나 길을 잘못 들었다고 경고하더니 우리는 안개 속으로 빨려 들어갔습니다. 마침내 길을 겨우 다시 찾았을 때는 늙은 말이 탈진한 기색을 보이기 시작했지요. 나는 프롬의 제안을 받아들인 데 대해 스스로를 책망했습니다. 잠시 상의한 끝에 나는 썰매를 내려 말 옆에서 눈 속을 걷겠다고 그를 설득했습니다. 이렇게 우리는 2~3킬로미터를 힘겹게 걸었고, 마침내 어떤 지점에 이르자 프롬이 나에게는 형체도 없는 밤처럼 보이는 곳을 뚫어지게 바라보면서 말하는 겁니다. "저 아래 저것이 우리 집의 대문 이오."

마지막 구간은 이 여정에서도 가장 힘든 부분이었습니다. 혹독한 추위와 무거운 발걸음 때문에 거의 쓰러질 지경이었 습니다. 말의 옆구리에 손바닥을 대자 마치 시계처럼 째깍째 깍거리는 것을 느낄 수 있었습니다.

"이보십시오, 프롬 씨." 내가 입을 열었습니다. "당신은 더 이상 갈 필요가 없을 것 같네요……." 그런데 그는 내 말을 가 로막으며 말했습니다. "당신도 마찬가지요. 누구라도 이것으 로 충분한 것 같소."

나는 그가 농장에서 하룻밤 재워 주겠다는 것으로 이해했 습니다. 그래서 아무 대답 없이 그를 따라 문으로 들어가서 마 구간까지 따라갔습니다. 마구간에서 그를 도와 말의 장구를 벗기고 지친 말에게 짚을 깔아 주었지요. 이 일이 끝나자 그는 썰매에서 초롱불을 집어 들고 다시 어두운 밤 속으로 걸어 들 어가 어깨 너머로 나에게 "이쪽이오." 하고 소리쳤습니다.

우리 위쪽에 눈의 장막 사이로 네모난 불빛이 흔들렸습니 다. 나는 프롬의 발자국을 따라 비틀거리며 그 불빛을 향해 나 아가다가 하마터면 어둠 속에서 집 앞에 수북이 쌓인 눈 더미 속에 빠질 뻔했지요. 프롬은 미끄러운 현관 계단을 올라가면서

무거운 장화로 눈 속에 길을 만들어 놓았습니다. 그런 다음 초
롱불을 높이 쳐들어 빗장을 찾고는 앞장서서 집 안으로 들어갔
습니다. 나는 그를 따라 불이 켜 있지 않은 천장이 나지막한 복
도로 들어갔지요. 복도 뒤쪽에는 컴컴한 어둠 속으로 사다리 같
은 계단이 서 있었습니다. 우리 오른쪽에 불빛 한 줄기가 밤을
가로질러 불빛이 새어 나오던 방문을 드러내 보였습니다. 그 문
뒤에서 투덜대듯 웅얼거리는 여자 목소리가 들려왔습니다.

프롬은 바닥에 깔린 해진 유포 위에 탕탕 발을 구르며 장화
에서 눈을 떨어내고 복도에 있는 유일한 가구인 부엌 의자 위
에 초롱불을 내려놓았습니다. 그러고 나서 문을 열었습니다.

"들어와요." 그가 말했습니다. 그가 말하자 웅얼거리는 목
소리는 잠잠해졌습니다…….

내가 이선 프롬에 관한 단서를 찾고 그의 이야기에 관한 이
환상16)을 짜 맞추기 시작한 것은 바로 그날 밤이었습니다 ·
· · · · · · · · · · ·
· · · · · · · · · · ·
· · · · · · · · · · ·
· ·

---

16) 이 '환상'이라는 말에서 엿볼 수 있듯이 이디스 워튼은 이 작품을 환상에
서 본 내용을 기록하는 형식을 취한다. 길게 늘어놓은 말줄임표를 시작으로
이 작품의 화자는 이십사 년 전으로 거슬러 올라가 이선 프롬이 겪은 비극적
사건을 재구성한다.

1

마을 구석구석마다 바람이 몰아쳐서 생긴 눈더미가 60센티미터씩은 쌓여 있었다. 무쇠 같은 하늘에는 고드름처럼 끝이 뾰족한 북두칠성이 걸려 있었고, 오리온자리는 차가운 빛을 번득였다. 달은 벌써 졌지만 밤이 너무 투명하여 느릅나무 사이로 보이는 하얀 집의 정면이 흰 눈과 대비되어 잿빛으로 보였고, 관목 수풀이 눈 위에 검은 점을 박아 놓았으며, 교회 지하실 창에서 새어나온 노란 불빛은 끝없이 펼쳐진 언덕을 가로질러 멀리까지 비쳤다.

젊은 이선 프롬은 은행과 벽돌로 지은 마이클 이디의 새 가게와 대문 옆에 검은 노르웨이 전나무 두 그루가 서 있는 바넘 변호사의 집을 지나 인적이 끊긴 거리를 빠른 걸음으로 걸었다. 바넘네 대문 맞은편으로 코베리 계곡을 향해 내려가는 길에는 교회가 뾰족한 흰색 첨탑과 좁은 주랑을 이고 서 있었다.

이 청년이 교회 쪽으로 걸어가자 위쪽 창들이 건물의 측벽을 따라 검은 아치식 복도를 드러냈다. 하지만 코베리 도로로 가파르게 경사진 땅 쪽에서는 낮은 창들이 기다란 불빛을 던져 지하실로 통하는 길에 새로 생긴 고랑들이 드러났고, 집 옆에 붙은 헛간 아래에는 두꺼운 담요를 뒤집어쓴 말들과 한 줄로 늘어선 썰매들이 보였다.

밤은 쥐 죽은 듯 고요했으며, 대기는 아주 건조하고 청명해서 추위를 거의 느낄 수 없었다. 프롬은 오히려 완전한 진공 상태에 있는 느낌을 받았다. 마치 발밑에 있는 흰 땅 덩어리와 머리 위의 둥근 금속성 하늘 사이에 에테르처럼 희박한 무언가가 가득 차 있는 것 같았다. '공기를 뺀 유리그릇[17] 속에 있는 것 같군.' 그는 생각했다. 사오 년 전에 프롬은 우스터에 있는 공과 대학에서 일 년간 공부하면서 어떤 친절한 물리학 교수와 함께 실험실에서 일한 적이 있다. 그래서 그 경험을 통해 얻은 이미지가 아직도 예기치 않은 순간에 불쑥불쑥 나타나곤 했다. 그 뒤 지금까지 그가 줄곧 살아온 것과는 전연 다른 연상 작용을 통해서 말이다. 아버지의 죽음과 그에 뒤따른 여러 불행 때문에 이선은 학업을 중도에 포기해야 했다. 그러나 그의 공부가 실용적으로 써먹을 정도까지는 미치지 못했어도 그의 상상력을 살찌우고 일상사의 이면에 있는 크고 구름처럼 막연한 의미를 깨닫기에는 충분했다.

---

17) 가스를 보관하는 데 사용하는 용기로 그 안에 들어 있는 공기를 뺀다. 물리학에서는 진공 상태를 만드는 종 모양의 유리그릇을 가리킨다.

눈 속을 헤치고 성큼성큼 걸어가는 동안 그런 의미에 대한 느낌이 머릿속에서 환하게 빛났고, 빨리 걸으면서 생긴 몸의 열기와 하나가 됐다. 마을이 끝나는 곳에서 프롬은 어두컴컴한 교회 앞에 멈춰 섰다. 잠시 그곳에서 숨을 가쁘게 몰아쉬며 사람의 그림자 하나 움직이지 않는 길을 아래위로 훑어보았다. 바넘 변호사네 전나무 아래로 난 코베리 도로의 비탈길은 스탁필드 사람들이 가장 좋아하는 썰매 타기 장소였다. 맑게 갠 저녁이면 교회 모퉁이에 늦게까지 썰매 타는 사람들의 왁자지껄한 소리가 낭랑하게 울려 퍼졌다. 그런데 오늘 밤은 이 순백의 긴 내리막길을 거무스름하게 만드는 썰매라곤 보이지 않았다. 깊은 밤의 적막이 마을을 뒤덮었다. 아직 잠자리에 들지 않고 깨어 있는 사람들은 모두 교회 창문 저편에 모여 있었고, 그 창문에서는 넓게 퍼지는 노란 불빛과 함께 댄스곡이 흘러나왔다.

청년은 교회 건물 옆을 돌아 지하실 문을 향해 비탈길을 따라 내려갔다. 안에서 새어 나오는 불빛에 모습이 비칠까 봐 아직 아무도 밟지 않은 눈 쪽을 빙 돌아 지하실 벽의 먼 모서리로 서서히 다가갔다. 그곳에서부터 그림자를 끼고 조심조심 가장 가까운 창문까지 나아갔다. 그러고 나서 곧고 여윈 몸을 뒤로 젖혀 교회 안이 보일 때까지 목을 길게 뺐다.

청년이 서 있는 깨끗하고 얼어붙을 듯한 어둠 속에서 바라보는 교회 안은 마치 증기의 열로 들끓는 듯했다. 가스등의 금속 반사판들이 하얗게 칠한 벽에 조야한 빛의 파장을 내뿜었다.[18] 홀

---

18) 아직 전기가 들어오기 전이라 교회에서는 조명등으로 가스등을 사용하

끝에 있는 쇠난로 옆구리는 화산의 불길로 부풀어 오르는 것 같았다. 마루는 젊은 남녀로 가득했다. 창문 맞은편 벽 아래에 나란히 놓인 식탁용 의자들에서 나이 많은 부인들이 막 일어서는 참이었다. 음악은 이미 끝났고, 악사들 — 바이올린 연주자와 일요일에 교회에서 풍금을 치는 젊은 부인 말이다 — 은 홀 끄트머리의 단상 위에 차려놓은 저녁상 한구석에서 서둘러 배를 채우고 있었다. 상에는 게걸스럽게 먹다 남은 파이 접시와 아이스크림 접시가 한 줄로 놓여 있었다. 손님들은 떠날 준비를 하고 있었다. 외투와 숄이 걸린 복도 쪽으로 사람들이 떼를 지어 몰려들기 시작할 때 날랜 발과 덥수룩한 검은 머리카락을 한 젊은이가 쏜살같이 홀 한복판으로 뛰어나와 손뼉을 쳤다. 신호를 보내자 곧 효과가 나타났다. 악사들이 서둘러 악기가 있는 곳으로 왔고, 춤을 추던 사람들은 — 몇몇은 벌써 떠나기 위해 반쯤 외투를 걸치고 있었다 — 마루 양쪽에 나란히 줄을 지어 섰으며, 나이 먹은 구경꾼들은 다시 의자에 가 앉았다. 그 활기찬 청년은 사람들 사이를 이리저리 뛰어다니는가 싶더니 어느새 머리에 체리색 '레이스 스카프'를 두른 젊은 여자를 끌어냈다. 그리고 홀 끝으로 데려가서는 경쾌한 버지니아 릴[19]의 곡조에 맞추어 방의 다른 끝까지 빙빙 돌면서 춤을 췄다.

프롬의 심장은 방망이질 치듯 뛰었다. 그는 체리색 스카프

고 있다.

19) 남녀가 짝을 지어 추는 미국 컨트리댄스. 서로 마주 보고 두 줄로 길게 늘어서서 앞으로 나아가며 추는 춤이다.

밑의 검은 머리를 보려고 안간힘을 썼다. 자기 눈보다 다른 사람의 눈이 더 빨랐다는 사실에 그만 화가 치밀었다. 혈관에 아일랜드계의 피가 흐르는 듯 릴을 리드하는 청년은 춤을 곧잘 추었고 파트너도 그의 정열에 감염되었다. 좌우에 늘어선 줄을 지나갈 때 아가씨의 가벼운 몸이 점점 빨리 이 손에서 저 손으로 둥근 원을 그리며 움직였고, 스카프는 머리에서 흘러내려 어깨 뒤에 걸쳐져 있었다. 한 번 돌 때마다 프롬은 그녀가 웃으면서 가쁘게 숨 쉬는 입술, 이마 주위에 구름처럼 떠도는 검은 머리카락, 미궁과도 같이 이리저리 날아다니는 가운데 유일하게 고정된 점처럼 보이는 검은 눈동자를 찾아냈다.

춤추는 사람들은 점점 빨리 돌았고, 악사들도 그 움직임에 맞추느라 마지막 직선 코스에 돌입하는 경마 기수가 말을 채찍질하듯이 열심히 악기를 탔다. 하지만 창가에 서 있는 청년에게는 춤이 언제까지라도 끝날 것 같지 않았다. 이따금 청년은 아가씨의 얼굴에서 눈을 떼어 그 파트너의 얼굴을 쳐다보았다. 한껏 기분이 들뜬 그는 뻔뻔스럽다고 할 정도로 당연한 권리를 지닌 듯한 모습이었다. 데니스 이디는 야심만만한 아일랜드계 식료품 상인 마이클 이디의 아들이었다. 마이클은 비위를 잘 맞추고 또 뻔뻔한 방식으로 '약삭빠른' 상술이 무엇인지를 처음으로 스탁필드 주민에게 보여 준 사람이었다. 벽돌로 지은 그의 가게는 그 시도가 성공을 거두었다는 사실을 여실히 입증했다. 아들 역시 아버지의 뒤를 따르는 것 같았고, 그사이 똑같은 기술을 스탁필드의 처녀들을 정복하는 데 쓰고 있었다. 지금까지 이선 프롬은 다만 그를 비열한 인간이라고 생각하는 것으로 만족해 왔다. 하지만 이제는 채찍질을 당해야 마땅할 녀석이라고 생각했다. 이 아가씨가 그것을 깨닫지 못한 채 넋을 잃은 얼굴을 남자의 얼굴 쪽으로 쳐들고 자기 손을 남자의 손에 얹고는 남자의 표정이나 손길에 조금도 불쾌한 기색을 보이지 않는 것이 이상했다.

프롬은 아내의 조카[20] 매티 실버가 어쩌다 밤에 마을로 놀러 갈 때면 그녀를 데리러 스탁필드까지 걸어가는 것이 습관처럼 되어 있었다. 매티가 프롬 부부와 함께 살러 왔을 때 그녀에게 이런 기회를 주자고 처음 제안한 사람은 아내였다. 매티 실버는 스탬퍼드에서 왔다. 지나를 돕기 위해 프롬네 집에 오면서 아무 보수도 받지 않기로 했기 때문에 그 이전의 삶과 쓸쓸한 스탁필드 농장 사이에 너무 큰 차이를 느끼지 않도록 하는 것이 최선이라고 생각했다. 만약 그렇지 않았더라면 — 프롬은 냉소를 지으며 생각했다 — 매티가 여가 시간을 보내도록 배려해 줄 생각이 지나의 머리에 좀처럼 떠오르지 않았을 것이다.

매티를 가끔 저녁에 외출시켜 주자고 아내가 처음 제안했을 때 이선은 농장에서 고된 하루를 보내고 또다시 마을까지 왕복 3킬로미터를 걸어야 한다는 데 불만을 품었다. 그런데 얼마 되지 않아 스탁필드에서 밤마다 즐거운 파티가 벌어졌으면 하고 바라는 단계에 이르렀다.

---

20) 원문에는 '사촌'으로 되어 있다. 하지만 성이 다른 것을 보면 조카뻘 되는 먼 친척일 것이다.

매티 실버는 그의 집에서 일 년을 지냈고, 아침 일찍부터 저녁 식사 시간에 만날 때까지 프롬은 매티를 볼 기회가 자주 있었다. 하지만 매티와 함께 있는 어떤 시간도 서로 팔짱을 끼고 그의 큰 걸음걸이와 보조를 맞추기 위해 그녀가 날듯이 가볍게 발을 옮기며 농장으로 함께 밤길을 걸어올 때와는 비교가 되지 않았다. 프롬은 플래츠까지 마차를 몰고 마중 나간 첫날부터 이 아가씨를 좋아했다. 그때 그녀는 기차 안에서부터 그에게 미소 지으며 손을 흔들었고, 짐을 들고 기차에서 뛰어내리면서 "이선 아저씨죠!" 하고 소리쳤다. 그러는 동안 프롬은 그 가냘픈 몸매를 보며 생각했다. '집안일을 그다지 잘할 것 같지 않지만 어쨌든 애를 태우진 않겠군.' 그런데 그의 집 안에 살짝 희망에 넘치는 한 젊은 생명이 나타난 것이 그저 식은 난로에 다시 불을 지피는 정도의 일은 아니었다. 이 아가씨는 그가 처음에 생각했던 것보다 훨씬 활기 넘치고 쓸모 있는 사람이었다. 관찰력이 뛰어났고 말귀를 잘 알아들었다. 그래서 무엇인가를 보여 주거나 일러 줄 수 있었고, 그가 나눠 준 모든 것이 그가 마음만 먹으면 불러올 수 있는 긴 반향과 메아리를 남겼다는 느낌이 들어 프롬은 행복감을 맛보았다.

이런 달콤한 정신적 교감을 가장 강렬하게 느낄 때는 바로 두 사람이 농가를 향해 함께 밤길을 걷는 동안이었다. 그는 언제나 주위 사람들보다 자연의 아름다움이 주는 감흥에 예민했다. 도중에 그만둔 학업이 이런 감수성에 형체를 부여했다. 심지어 가장 불행한 순간에도 하늘과 벌판은 그에게 깊고 강력한 설득력을 가지고 말했다. 다만 지금까지는 그 감정이 그

것을 불러일으킨 아름다움을 슬픔으로 가린 채 마음속에 소리 없는 아픔으로만 남아 있었다. 그는 이렇게 느끼는 사람이 이 세상에 자기 말고 또 있는지, 아니면 자신이 이 애처로운 특권의 유일한 희생자인지조차 알지 못했다. 그러다가 또 하나의 영혼이 똑같은 경이의 감정으로 떨고 있는 것을 알게 되었다. 바로 그의 옆에, 같은 지붕 밑에 살면서, 그가 제공하는 음식을 먹는 생명을 지닌 존재였다. 그가 "저 밑에 저것이 오리온자리, 그 오른쪽으로 저 큰 것이 알데바란, 그리고 떼 지어 있는 저 조그마한 별들, 마치 벌 떼처럼 말이야, 그건 플레이아데스성단이고……"라고 말할 수 있는 영혼 말이다. 혹은 그가 양치식물 사이를 뚫고 나온 화강암 바위 선반 앞에서 빙하 시대의 거대한 파노라마와 그 뒤의 막연하고도 기나긴 시대를 펼쳐 보이는 동안 넋을 잃는 바로 그런 영혼 말이다. 매티가 그의 학식에 대해 느끼는 경탄이 그가 가르쳐 준 것에 대한 경이와 섞인다는 사실이 그에게는 적지 않은 즐거움이었다. 그리고 뭐라고 정의 내릴 수는 없지만 그보다 더 아름다운 감각이 있었다. 이를테면 겨울 언덕 뒤의 차갑고 붉은 저녁 노을, 추수를 끝마친 황금색 그루터기 언덕 위에 떠도는 구름, 또는 햇볕이 눈부시게 내리쬐는 눈 위에 던져진 솔송나무의 짙고 푸른 그림자들이 말없는 환희의 충격으로 두 사람을 서로 가까워지게 만들었다. 언젠가 매티가 "꼭 그림을 그려 놓은 것 같아요!"라고 말했을 때 이선에게는 정의를 내리는 기술이 이보다 더 나을 수 없을 듯했고, 마침내 그의 비밀스러운 영혼을 표현할 말을 찾아낸 듯했다……

교회 밖 어둠 속에 서 있는 동안 이런 추억들은 사라져 버린 것들에 대한 날카로운 아픔으로 되돌아왔다. 이 손에서 저 손으로 교회 안을 빙빙 돌고 있는 매티를 바라보며 이선은 어떻게 자신의 따분한 이야기에 그녀가 흥미를 느꼈다고 생각할 수 있었는지 궁금해졌다. 매티와 함께 있을 때 말고는 한 번도 즐거워 본 일이 없는 그에게 지금 그녀가 즐거워하는 모습은 그녀의 무관심을 똑똑히 입증해 주는 것 같았다. 같이 춤추는 상대방을 바라보는 그녀의 얼굴은 이선을 대할 때 언제나 저녁노을을 받고 있는 유리창처럼 보이던 그 얼굴이었다. 어리석게도 그녀가 자신을 위해 간직하고 있는 것이라고 생각했던 두세 가지 몸짓도 눈에 띄었다. 흥겨울 때 마치 웃음을 입 밖으로 터뜨리기 전에 그것을 맛보려는 듯 고개를 뒤로 젖히는 몸짓, 그리고 무엇에 기분이 좋거나 감동을 받으면 천천히 눈꺼풀을 내리까는 그 몸짓 말이다.

그 광경은 그를 불행하게 만들었고, 그 불행 때문에 마음속에 잠재한 불안이 고개를 쳐들었다. 아내는 매티를 시기하는 빛을 보인 적이 한 번도 없었지만 요즘 들어 부쩍 집안일에 대한 불평이 심해졌고 이 아가씨의 무능에 대해 넌지시 주의를 환기시켰다. 스타필드 마을 사람들이 부르듯이 지나는 언제나 '병을 달고 사는' 사람이었다. 프롬도 만약 아내가 그녀가 믿는 만큼 아프다면 농장으로 돌아오는 밤길에 그토록 가볍게 자기와 팔짱을 낀 그 팔보다 더 굳센 팔을 가진 사람의 도움이 필요하다는 사실을 인정해야 했다. 매티는 천성적으로 집안일에 재능이 없었고, 훈련은 그 결점을 개선하는 데 아무런 도움이 되지 않았다. 빨리 배웠지만 금방 잊어버리고 몽상에 빠졌으며 문제를 심각하게 받아들이는 기질이 아니었다. 이선은 만약 매티가 좋아하는 남자와 결혼하게 되면 잠들어 있는 본능이 깨어날 것이고, 그녀가 만드는 파이나 비스킷 빵이 마을의 자랑거리가 되는지도 모른다고 생각했다. 다만 추상적 의미의 집안일에는 별로 흥미가 없었다. 처음에는 어찌나 서툴렀던지 그는 웃음을 참을 수 없었다. 그런데 매티가 따라 웃는 바람에 두 사람은 오히려 더 좋은 친구가 되었다. 이선은 여느 때보다 더 일찍 일어나 부엌 아궁이에 불을 지피는가 하면, 전날 밤에 장작을 들여오고, 낮 동안 집에서 매티를 도와주려고 목재소 일을 게을리하면서까지 농장 일을 하는 등 매티의 서투른 노력을 보충하기 위해 최선을 다했다. 심지어 토요일 밤이면 두 여자가 잠든 뒤 2층에서 살금살금 내려와 부엌 마루를 닦았다. 하루는 지나가 뜻하지 않게 그가 우유를 젓고 있는 장면을 목격하고는 특유의 이상야릇한 표정을 지으며 아무 말 없이 돌아서 그냥 나가 버렸다.

최근에 와서 아내의 불쾌감을 드러내는 다른 징후가 나타났는데 그것은 뭐라고 딱 집어 말할 수 없었지만 훨씬 더 큰 불안감을 안겨 주었다. 어느 추운 겨울날 아침 잘 맞지 않는 창틈으로 들어오는 찬 바람에 가물거리는 촛불을 두고 어둠 속에서 옷을 주워 입을 때였다. 그의 뒤쪽에 있는 침대에서 지나가 말하는 소리가 들렸다.

"의사 선생님이 돌보아 줄 사람 하나 없이 혼자 있으면 안 된다고 하더라고." 지나가 불평을 늘어놓듯 단조로운 목소리로 말했다.

그는 지나가 자는 줄로만 생각했고, 그래서 그녀의 말소리에 깜짝 놀랐다. 아내에게는 오랫동안 몰래 무엇을 숨기는 듯이 침묵을 지키다가 불쑥 말을 터뜨리는 버릇이 있었지만 말이다.

이선은 고개를 돌려 검은 사라사 누비이불 아래 어렴풋한 윤곽을 드러내고 있는 아내를 바라보았다. 광대뼈가 튀어나온 얼굴은 베개의 흰색 때문에 잿빛을 띠었다.

"당신을 돌볼 사람이 하나도 없다니?" 이선이 되풀이해 말했다.

"매티가 떠난 뒤에 일하는 아이를 둘 수 없다면 말이야."

이선은 다시 고개를 돌리고 면도칼을 집은 다음 허리를 굽혀 세면대 위 얼룩진 거울에 비친 팽팽하게 잡아당긴 뺨을 바라보았다.

"도대체 왜 매티가 떠나야 하는데?"

"글쎄, 시집가게 되면 말이지." 아내의 느릿느릿한 말소리가 뒤쪽에서 들려왔다.

"아, 당신이 필요로 하는 한 여길 떠나지 않을 거야." 그가 면도칼로 턱을 세게 문지르며 대꾸했다.

"매티같이 가난한 처녀애가 데니스 이디처럼 똑똑한 청년과 결혼하는 걸 방해했다는 말은 정말 듣기 싫어." 지나는 구슬프고 조심스러운 삼가는 말투로 대답했다.

이선은 거울에 비친 자기 얼굴을 노려보며 고개를 뒤로 젖혀 귀에서 턱까지 면도칼을 밀었다. 그의 손은 떨리지 않았지만 이 몸짓은 금방 답변을 하지 않는 데 대한 구실이 되었다.

"또 의사 선생님은 내가 곁에 아무도 없이 혼자 있지 않았으면 한다고 그러던데." 지나가 계속 말했다. "선생님이 우리 집에 올 만한 계집애 하나를 소문으로 들어 아는데 당신한테 말해 보라고……."

이선은 면도칼을 놓고 웃으면서 몸을 폈다.

"데니스 이디! 만약 그게 다라면 일하는 아이를 그렇게 서둘러 구할 필요는 없어."

"글쎄, 그 문제에 대해 당신하고 상의했으면 해." 지나가 강경하게 말했다.

그는 서둘러 주섬주섬 옷을 입기 시작했다. "좋아. 하지만 지금은 시간이 없어. 지금도 벌써 늦었으니까." 이선은 낡은 구식 은시계를 촛불에 비춰 보면서 대답했다.

이 말을 최후통첩으로 받아들이는 듯 지나는 잠자코 누워서 남편을 물끄러미 바라보았다. 그동안 그는 어깨 위로 바지 멜빵을 잡아 올리고 웃옷에 팔을 밀어 넣었다. 그런데 이선이 문 쪽을 향할 때 지나가 갑자기 날카롭게 쏘아붙였다. "늦는 게 어디 오늘뿐인가. 요새 와서는 매일 아침 면도를 하네."

단도를 찌르는 듯한 그 말이 데니스 이디에 대한 어떤 막연한 암시보다도 그를 더욱 놀라게 했다. 매티 실버가 온 뒤로 매일 아침 면도를 한 것은 사실이었다. 하지만 아내는 그가 겨울 새벽어둠 속에서 곁을 떠날 때 늘 잠들어 있는 것처럼 보였다. 그래서 어리석게도 그의 외모에 나타난 어떤 변화도 알아채지 못하려니 생각했다. 지나는 전에도 한두 번 아무 말 없이 일이 일어나도록 그냥 내버려 두었다가 몇 주일이 지난 뒤 슬쩍 지나가는 말로 쭉 눈여겨보았고 어찌할지 결론을 내렸노라고 밝히곤 했기 때문에 다소 불안을 느낀 적은 있다. 그렇지만 최근 들어서는 이런 막연한 불안을 걱정할 겨를이 없었다. 지나는 가혹한 현실 때문에 실체가 없는 그림자처럼 뒷전에 물러나 있었다. 그의 모든 삶은 이제 매티 실버의 모습을 바라보고 그 목소리를 듣는 데 달린 것 같았다. 더 이상은 자기 삶이 달라질 거라고 상상할 수도 없었다. 그런데 지금 매티가 데니스 이디와 함께 홀을 빙빙 돌며 춤추는 모습을 교회 밖에 서서 바라보자니 그동안 대수롭지 않게 생각했던 온갖 암시와 위협이 그의 뇌리에 구름을 드리웠다······.

2

춤을 추던 사람들이 홀에서 쏟아져 나오자 프롬은 툭 튀어
나온 덧문 뒤로 물러나 괴상망측하게 몸을 감싼 사람들이 떼
를 지어 흩어지는 모습을 바라보았다. 무리 가운데 흔들리는
초롱 불빛 하나가 이따금 음식과 춤으로 벌겋게 상기된 얼굴
하나를 비췄다. 집까지 걸어갈 이 마을 사람들은 가장 먼저 비
탈진 한길 쪽으로 올라갔고, 이웃 마을 사람들은 떼를 지어 좀
더 천천히 헛간 아래 썰매가 있는 곳으로 발걸음을 옮겼다.

"매티, 썰매 타고 가는 거 아니었어?" 여자 목소리가 헛간
근처에 있는 사람들 속에서 들려왔다. 이선의 심장이 쿵쿵 뛰
기 시작했다. 그가 선 곳에서는 덧문 널빤지 저쪽으로 두어 걸
음 나아가야 홀에서 나오는 사람들을 볼 수 있었다. 다만 갈라
진 틈으로 "맙소사! 이런 밤에 썰매를 타지 않다니." 하고 낭랑
하게 대답하는 목소리가 들려왔다.

매티는 그때 아주 얇은 널빤지를 사이에 두고 그와 가까이 있었다. 다음 순간이면 어둠 속으로 발을 디딜 것이다. 어둠에 익은 이선의 두 눈은 매티가 한낮의 햇빛 속에 서 있는 것처럼 똑똑히 알아볼 것이다. 갑자기 수줍어진 그는 벽의 컴컴한 모퉁이로 몸을 숨기고는 잠자코 서서 자기가 온 것을 그녀에게 알리지 않았다. 처음부터 이선보다 민첩하고 섬세하며 감정이 풍부한 매티가 그와 대조되는 모습으로 그를 압도하기는커녕 오히려 그에게 그녀 자신의 편안하고 자유로운 무언가를 가져다주었다는 것은 그들의 교제에서 경이로운 일 중 하나였다. 하지만 지금 그는 학생 시절 소풍을 가서 우스터의 아가씨들을 '웃기려고' 애쓰던 때처럼 서툴고 어색한 기분이었다.

이선은 뒤로 물러섰고, 매티는 혼자 나와 그가 서 있는 자리로부터 몇 미터 떨어진 곳에서 걸음을 멈췄다. 매티는 거의 맨 마지막으로 홀을 나와서는 그가 왜 모습을 나타내지 않나 궁금해하듯 주위를 불안스럽게 둘러보았다. 그때 어떤 남자의 모습이 다가와 그녀의 곁에 섰다. 너무 가까이 다가선 탓에 형체가 없는 외투를 입은 그들은 어렴풋한 윤곽 속에 하나로 합쳐진 것처럼 보였다.

"그 신사 친구한테 바람맞았나 봐? 맷, 참 안됐네. 그래, 난 다른 여자들에게 말할 만큼 그렇게 비열하지는 않아. 그렇게 야비한 놈은 아니라고." (프롬은 그의 값싼 희롱을 얼마나 미워했던가!) "하지만 이봐. 우리 꼰대 썰매가 저기 우리를 기다리고 있으니 다행한 일이 아니겠어?"

이선의 귀에 매티가 명랑하면서도 의심하는 듯한 목소리로 말하는 소리가 들렸다. "도대체 당신 아버지 썰매가 저기서 무얼 하고 있는데요?"

"물론 나더러 타라고 기다리는 거지. 밤색에 흰털이 섞인 망아지도 와 있어. 오늘 밤 어쩐지 썰매를 타고 싶은 생각이 들더라고." 이디가 의기양양하게 허풍 떠는 목소리에 감상적인 어조까지 섞어 가며 말했다.

매티는 마음을 결정하지 못하고 망설이는 듯했다. 이선의 눈에 그녀가 손가락으로 스카프 끝자락을 만지작거리는 것이 보였다. 이 세상을 다 준다고 해도 그는 그녀에게 어떤 식으로든지 신호를 보내기 싫었다. 비록 자기 생명이 그녀의 다음 몸짓에 달린 것처럼 보인다 해도 말이다.

"망아지 고삐를 푸는 동안 잠깐만 기다려." 데니스는 헛간으로 껑충 뛰어가면서 매티에게 소리쳤다.

그의 뒷모습을 쳐다보면서 매티는 무엇인가 조용히 기대하는 태도로 몸 하나 까닥하지 않고 가만히 서 있었다. 숨어서 지켜보는 사람한테는 고통 같은 아픔이었다. 이선은 매티가 더 이상은 어둠 속에서 다른 누군가를 찾으려는 듯 두리번거리지 않는다는 것을 알아차렸다. 매티는 데니스 이디가 말을 끌어 내오고 썰매에 올라타 곰 가죽을 훌렁 뒤로 젖혀 자기 옆에 그녀의 자리를 마련하도록 내버려 두었다. 그러고 나서 재빠른 동작으로 돌아서서 교회 앞쪽으로 나 있는 비탈길을 뛰어 올라갔다.

"잘 가요! 썰매 재미있게 타요!" 매티는 어깨 너머로 그에게 소리쳤다.

데니스는 웃더니 말을 채찍질하여 점점 멀어져 가는 매티를 재빨리 따라잡았다.

"자! 어서 타! 이 모퉁이 길이 무척이나 미끄러우니까." 그가 몸을 기울여 손을 내밀면서 소리쳤다.

매티는 그를 보고 웃으며 "안녕히 가세요! 난 안 탈래요." 하고 말했다.

이때쯤 두 사람은 이선이 목소리를 들을 만한 거리를 벗어나 있었다. 그래서 이선은 자기 위쪽의 비탈길을 따라 계속해서 움직이는 그들 실루엣의 어슴푸레한 무언극을 지켜볼 뿐이었다. 조금 뒤 이디가 썰매에서 뛰어내려 고삐를 한 팔에 걸치고 매티 쪽으로 다가가는 것이 보였다. 이디는 다른 팔로 그녀의 팔을 끼려 했지만 그녀가 민첩하게 피했다. 그러자 검은 허공 위로 그네처럼 멀리 떠났던 이선의 심장이 가볍게 떨며 안정된 상태로 다시 돌아왔다. 조금 이따 떠나가는 썰매의 방울 소리가 들리고 교회 앞의 눈 덮인 텅 빈 벌판을 향해 혼자 걸어가는 형체가 하나 보였다.

바넘네 전나무의 검은 어둠 속에서 이선이 매티를 따라잡자 그녀는 날카롭게 "어머나!" 하고 소리를 지르며 돌아섰다.

"맷, 내가 잊은 줄 알았지?" 그는 수줍어하면서도 신이 나서 물었다.

매티는 정색하며 "아저씨가 어쩌면 절 데리러 오지 못할 거라고 생각했어요." 하고 대답했다.

"못 오다니? 내가 못 올 일이 뭐가 있어?"

"지나 아주머니가 오늘 몸이 아주 불편하시잖아요."

"뭐, 벌써 잠자리에 든 지 오래인걸." 그는 한 가지 물어보고 싶은 마음이 간절해 잠시 말을 멈췄다. "그럼 집까지 혼자서 걸어올 작정이었단 말이야?"

"아, 전 무섭지 않아요!" 그녀가 웃었다.

두 사람은 별들 아래 그들 주위에서 넓고 잿빛으로 빛나는 텅 빈 세상, 전나무 숲의 어스름 속에 나란히 서 있었다. 그는 묻고 싶었던 말을 꺼냈다.

"내가 오지 않을 거라고 생각했다면 왜 데니스 이디와 같이 썰매를 타고 돌아오지 않았어?"

"아저씨는 어디 있었던 거예요? 어떻게 그걸 알았어요? 아저씨를 전혀 보지 못했는데요!"

매티의 놀라움과 그의 웃음이 눈 녹은 봄날 시내처럼 함께 흘렀다. 이선은 무슨 짓궂고 기발한 어떤 일을 한 듯한 느낌을 받았다. 그 효과를 오래 누리기 위해 멋진 말을 찾아내려 했지만 결국 환희에 찬 큰 목소리로 "자, 어서 가자!"라고 내뱉을 뿐이었다.

이선은 이디가 하던 대로 매티의 팔짱을 슬쩍 끼었고, 자기 팔이 그녀의 옆구리에 가볍게 닿았다고 생각했다. 하지만 두 사람 모두 움직이지 않았다. 전나무 밑이 너무 캄캄해서 그는 자기 어깨 옆에 있는 매티의 머리 형태를 간신히 알아볼 수 있었다. 그는 뺨을 수그려 그녀의 스카프에 비비고 싶은 충동이 일었다. 이 어둠 속에서 온 밤을 그녀와 그곳에 마냥 서 있고 싶었다. 매티는 앞으로 한두 발자국 움직이다가 코베리 도로 외 내리막길 위에서 다시 멈췄다. 이 얼음 비탈은 썰매에 하도 많이 긁혀 마치 손님들이 손톱으로 긁어 놓은 여관방의 거울 같았다.

"달이 지기 전에 꽤 많은 사람들이 썰매를 탔어요." 매티가 말했다.

"우리도 언제 밤에 여기 와서 그 사람들하고 같이 썰매 탈까?" 그가 물었다.

"어머, 이선 아저씨, 그래 주시겠어요? 그러면 정말 신날 거예요!"

"내일 밤에 달이 뜨면 오자고."

매티는 이선의 곁으로 바짝 다가와 머뭇거렸다. "네드 헤일과 루스 바넘은 저 밑에 있는 느릅나무에 하마터면 부딪칠 뻔했어요. 우린 모두 그들이 죽는 줄만 알았어요." 매티가 부르르 떠는 전율이 그의 팔 밑으로 전해 왔다. "그랬다면 얼마나 끔찍했겠어요? 그들은 그렇게 행복한데!"

"그래, 네드는 썰매를 잘 못 몰지. 나라면 널 태우고 무사히 내려갈 수 있겠지만!" 그는 깔보듯이 말했다.

이선은 지금 데니스 이디처럼 '허풍 떨고' 있다는 것을 알았다. 그런데 너무 기쁜 나머지 침착함을 잃었다. 그녀가 그 약혼한 남녀를 두고 "그들은 그렇게 행복한데!"라고 말할 때의 억양이 마치 매티가 자신과 이선에 대해 생각해 온 것처럼 들렸다.

"그래도 저 느릅나무는 위험해요. 베어 버려야 해요." 매티가 우겼다.

"나하고 같이 타도 무서워?"

"전 무서워할 사람이 아니라고 했잖아요." 매티는 관심 없다는 듯 말을 받았다. 그러고 나서 갑자기 휙 돌아서서 빠른 걸음으로 걷기 시작했다.

이런 감정의 변화는 이선 프롬에게 절망이요 환희였다. 매티의 마음이 움직이는 것은 마치 나뭇가지에서 새가 움직이는 것처럼 종잡을 수 없었다. 자기 감정을 표현해 그녀의 감정을 자극할 권리가 없다는 사실은 이선으로 하여금 그 표정과 어조의 변화 하나하나에 큰 의미를 부여하게 만들었다. 어떤 때는 매티가 자기 마음을 알아차렸다는 생각에 두려움을 느꼈다. 어떤 때는 그에 대해 아무것도 모른다고 확신하고 절망하기도 했다. 오늘 밤은 쌓이고 쌓인 의혹의 압박이 저울대를 절망 쪽으로 기울게 만들었다. 그리고 매티의 무관심은 데니스 이디를 떨쳐 내 이선에게 환희의 흥분을 맛보도록 한 뒤라서 더욱 차갑게 느껴졌다. 이선은 매티와 나란히 스쿨하우스 힐을 올라가 목재소로 가는 오솔길에 이를 때까지 아무 말 없이 걸었다. 그 순간 정확히 확인하고 싶은 생각이 그의 마음속에 몹시 간절해졌다.

"데니스와 마지막 릴만 다시 추지 않았으면 나를 곧바로 찾았을 텐데." 그가 멋쩍게 말을 꺼냈다. 그 이름을 발음할 때는 목의 근육이 당기는 것을 막을 수 없었다.

"어머, 이선 아저씨, 거기에 아저씨가 있는지 어떻게 알았겠어요?"

"아무래도 사람들 말이 맞는 것 같아." 그는 대답 대신에 내뱉었다.

매티는 갑자기 걸음을 멈췄다. 이선은 어둠 속에서도 매티가 재빨리 그의 얼굴 쪽으로 고개를 드는 것을 느꼈다. "사람들이 뭐라고 하는데요?"

　"네가 우리를 떠나는 것도 당연하지." 그는 생각을 더듬으면서 잠시 머뭇거렸다.

　"사람들이 말한다는 게 그거예요?" 매티가 그를 비웃듯이 말했다. 그러고는 그 달콤한 고음을 갑자기 낮추며 "아저씨 말은…… 지나 아주머니가 이제 더 이상 저를 마음에 들어 하지 않는다는 건가요?" 하고 말을 우물거렸다.

　끼었던 팔을 풀고는 두 사람은 꼼짝하지 않고 서서 상대방의 얼굴을 식별하려고 애썼다.

　"제가 야무져야 하는데 그렇지 못한 건 잘 알아요." 이선이 어떻게 설명하면 좋을까 궁리하는 동안 매티가 계속해서 말했다. "고용된 아가씨라면 능히 할 만한 일을 저는 잘하지 못할 때가 많죠……. 그리고 저는 팔 힘이 약해요. 하지만 지나 아주머니가 가르쳐만 준다면 해 볼 거예요. 아주머니는 무얼 하라고 말하는 일이 별로 없다는 걸 아저씨도 잘 아시죠. 때론 저도 아주머니가 마음에 들어 하지 않는다는 걸 알지만 왜 그런지는 모르겠어요." 매티는 갑자기 화난 눈빛으로 그를 향해 돌아섰다. "이선 프롬 아저씨, 아저씨가 제게 말해 줬어야 했어요……. 그랬어야 하고말고요! 아저씨도 제가 떠나기를 원하는 게 아니라면 말이죠……."

　그녀가 떠나기를 원하는 게 아니라면! 이 외침은 그의 아픈 상처에 바르는 연고와도 같았다. 무쇠 같은 하늘이 녹아 달콤한 비가 내리는 듯했다. 또다시 그는 모든 것을 표현할 한마디 말을 찾으려고 애썼다. 그리고 또다시 그녀의 팔을 끼고서 그저 나지막하게 "자, 어서 가자!"라고 말했을 뿐이었다.

두 사람은 이선의 목재소가 어둠 속에 음울한 모습을 드러내고 있는 솔송나무 그늘이 진 컴컴한 오솔길을 지나 잠자코 걸어서 다시 비교적 탁 트인 벌판으로 나왔다. 솔송나무 지대 저편에는 탁 트인 땅이 별빛 아래 잿빛으로 쓸쓸하게 그들 앞에 뻗어 있었다. 그 길은 때로는 넘실거리는 둑의 그림자 아래로, 때로는 앙상하게 잎이 진 나무숲의 엷은 어둠 속으로 그들을 인도했다. 저 멀리 들판 한가운데에 여기저기 농가들이 묘비처럼 말없이 춥게 서 있었다. 밤은 너무 고요해 꽁꽁 얼어붙은 눈이 발밑에서 탁탁 깨지는 소리가 들렸다. 멀리 숲에서 눈 쌓인 나뭇가지 부러지는 소리가 구식 소총의 총성처럼 울렸다. 한번은 여우가 울어 매티는 몸을 움츠리고 이선에게로 바싹 다가서서 발걸음을 재촉했다.

마침내 두 사람의 눈에 이선네 문간에 서 있는 낙엽송들이 보였다. 문에 가까워지자 이제 걷는 일도 끝났다는 생각에 그는 다시 말을 꺼냈다.

"맷, 그럼 우리를 떠나기 싫단 말이지?"

이선은 매티의 숨을 죽인 듯한 속삭임을 들으려고 고개를 숙였다. "설령 간대도 어디로 가겠어요?"

이 대답은 이선에게 에는 듯한 고통을 주었지만 그 어조는 그를 희열로 가득 채웠다. 그는 그 밖에 달리 무슨 말을 하고 싶었는지조차 잊어버리고 매티를 꼭 안았다. 너무 꼭 껴안아 자신의 혈관에서 그녀의 온기를 느끼는 것 같았다.

"맷, 울고 있는 건 아니겠지?"

"아뇨, 당연히 아니죠." 매티가 떨리는 목소리로 대답했다.

두 사람은 문으로 들어서서 낮은 울타리에 둘러싸인 프롬네 집안의 묘석들이 불규칙한 각도로 눈 속에 비스듬히 서 있는 컴컴한 둔덕 아래를 지나갔다. 이선은 묘석들을 신기한 듯 쳐다보았다. 지난 몇 해 동안 이 말없는 선조들은 그의 조바심, 변화와 자유를 갈구하는 그의 욕망을 빈정대 왔던 것이다. '우리는 이곳을 결코 떠나지 못했다…… 어떻게 네가 그럴 수 있겠느냐?'라는 구절이 묘석마다 쓰여 있는 듯했다. 문을 드나들 때마다 '나는 이곳에서 이렇게 살다가 마침내 저들에게로 가겠지.' 하며 몸서리치곤 했다. 하지만 지금은 변화를 꾀하려던 욕망은 다 사라지고 이 조그마한 울타리가 따뜻한 존속감과 안정감을 가져다주었다.

"맷, 우리는 절대로 너를 보내지 않을 거야." 이선은 마치 한때 애인이었지만 지금은 땅에 묻힌 죽은 이들이 매티를 붙들어 두기 위해 그와 함께 공모하듯이 속삭였다. 무덤들을 지나가며 그는 생각했다. '우린 여기서 늘 같이 살 거야, 그리고 언젠가 그녀는 내 곁에 눕겠지.'

언덕을 올라 집으로 향하면서 이선은 환상에 사로잡혀 있었다. 이런 몽상에 자신을 내던질 때처럼 매티와 함께 있는 것이 그렇게 행복한 적은 없었다. 비탈길을 절반쯤 올라가다 매티가 어떤 보이지 않는 장애물에 부딪혀 몸을 가누느라 그의 소매를 붙잡았다. 파문처럼 그를 관통하는 따뜻함이 그 몽상의 연장선 같았다. 처음으로 이선은 슬쩍 매티의 허리를 안았다. 매티는 싫어하는 기색이 없었다. 그들은 마치 여름 개천 위에 둥둥 떠다니는 것처럼 계속해서 걸었다.

지나는 언제나 저녁을 먹고 나서 곧바로 잠자리에 들었다. 그래서 덧문이 없는 창들은 컴컴했다. 말라비틀어진 넝쿨 한 줄기가 상갓집 문 앞에 매다는 검은 상장 리본처럼 현관에서 달랑거리고 있었다. 그 순간 '만약 진짜 저것이 지나를 위한 것이라면……' 하는 생각이 이선의 뇌리에 번쩍 스쳐 갔다. 그러더니 아내가 침실에 누워 입을 살짝 벌리고 틀니를 침대 옆 컵에 넣어 둔 채 잠든 모습이 눈앞에 선하게 떠올랐다…….

두 사람은 뻣뻣한 구스베리 덤불 사이를 걸어 집 뒤로 갔다. 그들이 마을에서 늦게 돌아올 때면 지나는 부엌문 열쇠를 문 앞 발판 밑에 놓아 두곤 했다. 이선은 여전히 몽상에 취한 채 한쪽 팔로 매티를 안고 문 앞에 서 있었다. "매티……." 그는 무슨 말을 하려는 것인지도 모른 채 입을 열었다.

매티는 아무 말 없이 그의 팔에서 빠져나왔고, 그는 허리를 굽혀 열쇠를 더듬어 찾았다.

"여기 없는데!" 그가 놀라서 몸을 일으키며 말했다.

그들은 꽁꽁 얼어붙은 어둠 속에서 눈을 크게 뜨고 상대방의 눈을 들여다보았다.

"아마 지나 아주머니가 잊어버렸나 봐요." 매티가 떨리는 목소리로 속삭였다. 하지만 두 사람 모두 지나가 잊어버릴 사람이 아니라는 것을 잘 알았다.

"눈 속에 떨어졌을지도 몰라요." 매티가 잠시 서서 귀를 쫑

긋 기울였다가 말을 이었다.

"그렇다면 누군가가 옆으로 밀뜨린 게 틀림없어." 그는 똑같은 어조로 대답했다. 또 다른 무모한 생각이 그의 마음을 어지럽혔다. '만약 부랑배들이 여기 와서…… 만약…….'

그때 집 안에서 어렴풋한 소리가 들리는 듯해 이선은 다시 한번 귀를 기울였다. 그러고 나서 호주머니를 더듬어 성냥을 찾아 무릎을 꿇고는 천천히 문지방 주위의 눈 가장자리를 불빛으로 비추어 보았다.

무릎을 꿇고 있으려니 문 아래쪽 판자 사이로 희미한 불빛이 새어 나오는 것이 눈에 띄었다. 이 고요한 집에서 도대체 누가 서성대고 있을까? 계단에서 발자국 소리가 들렸고, 한순간 또다시 부랑배 생각이 머리를 스쳤다. 그때 문이 열리고 아내의 모습이 나타났다.

키가 크고 여윈 아내가 캄캄한 부엌을 등진 채 한 손으로는 누비이불을 끌어당겨 납작한 젖가슴을 가리고 다른 손으로는 램프를 들고 서 있었다. 턱 높이에 있는 램프 불빛이 주름 잡힌 목과 이불을 붙잡은 툭 튀어나온 손목을 어둠 속에서 환하게 비추었고, 둥그렇게 크림핑 핀[21]을 꽂은 머리 아래 광대뼈가 불거진 얼굴의 움푹 들어간 곳과 불쑥 나온 곳을 기괴할 정도로 뚜렷하게 드러냈다. 아직도 매티와 함께 보낸 아련한 장밋빛 꿈에 취해 있는 이선한테 이 광경은 그야말로 잠에서 깨기 직전의 마지막 꿈처럼 강렬하면서 뚜렷하게 다가왔다. 그

---

21) 머리카락을 곱슬곱슬하게 하려고 사용하는 머리핀.

는 아내가 어떻게 생겼는지 지금껏 전혀 몰랐던 느낌이었다.

지나가 말없이 옆으로 비켜섰고, 매티와 이선은 부엌으로 들어갔다. 부엌은 한밤의 강마른 추위 끝이라 돌무덤처럼 몹시 차가웠다.

"지나, 우리를 잊었나 했지." 이선은 구두에서 눈을 털며 농담하듯 말했다.

"아니. 몸이 불편해서 잠이 안 오네."

매티가 외투를 벗으며 앞으로 다가섰다. 싱싱한 입술과 뺨이 체리색 스카프 같은 빛깔을 띠고 있었다. "지나 아주머니, 정말 죄송해요! 제가 해 드릴 일이 뭐 없을까요?"

"아니, 없어." 지나는 그녀에게서 돌아섰다. 그러고는 남편을 향해 "당신은 눈을 밖에서 털면 좋잖아." 하고 말했다.

지나는 두 사람보다 앞서 부엌을 지나 복도에 가서 멈추더니 그들이 층계를 올라가도록 비추려는 듯이 팔을 쭉 뻗어 램프를 치켜들었다.

이선도 잠시 서서 외투와 모자를 걸 못을 더듬어 찾는 척하며 머뭇거렸다. 두 침실의 문은 좁은 위쪽 층계참을 가로질러 서로 마주 보고 있었다. 오늘 밤은 지나를 따라 방으로 들어가는 모습을 매티에게 보이는 것이 유달리 싫었다.

"난 아직 올라가고 싶지 않은데." 그는 부엌으로 다시 가려는 듯이 돌아서며 말했다.

지나는 갑자기 발을 멈추고 그를 쳐다보았다. "도대체…… 여기서 무얼 하려고?"

"목재소 회계 장부를 살펴볼 일이 있어."

지나는 계속 그를 빤히 바라보았다. 갓 없는 램프의 불빛이 그녀 얼굴의 물결치는 주름들을 현미경으로 낱낱이 보여 주듯 뚜렷이 비추었다.

"이런 밤중에? 감기에 걸려 죽을 거야. 난롯불이 꺼진 지도 벌써 오래되었는데."

이선은 아무 대답도 하지 않고 부엌 쪽으로 갔다. 그러면서 매티와 눈이 마주쳤을 때 그녀의 눈썹에 순간적으로 경계의 빛이 번득이는 것 같았다. 다음 순간 매티는 눈썹을 상기된 뺨 위로 내리깔았고, 지나보다 앞서 계단을 올라가기 시작했다.

"그러네. 여긴 몹시 춥군." 이선은 수긍했다. 그리고 머리를 푹 숙이고서 아내를 따라 위층으로 올라가 그들의 방문턱을 넘어 따라 들어갔다.

3

조림지의 아래쪽 끝자락에서 재목을 끌어 내릴 일이 있어 이선은 이튿날 아침 일찍 집을 나섰다.

겨울 아침은 수정처럼 맑았다. 아침 해가 깨끗한 하늘에 빨갛게 타올랐고, 조림지 가장자리의 그늘은 검푸른 색깔을 띠었다. 눈부시게 새하얀 들판 건너편에는 멀리 삼림이 군데군데 연기처럼 드리워 있었다.

이선이 가장 명료한 생각을 하는 때는 고요한 이른 아침이었다. 이때 그의 근육은 늘 하던 일을 잘 따라 주었고, 폐부는 산간의 공기를 길게 들이마셔 팽창했다. 지난밤 이선과 지나는 방에 들어가 문을 닫은 뒤 서로 단 한마디 말도 나누지 않았다. 지나는 침대 옆 의자 위에 놓인 약병에서 약 몇 방울을 따라 마시고는 노란 플란넬 헝겊을 머리에 뒤집어쓰고 얼굴을 돌린 채로 누웠다. 이선은 서둘러 옷을 벗고 그 곁에 자리를 잡을 때 아내를 보지 않기 위해 불을 꺼 버렸다. 그가 누울 때 매티가 자기 방에서 움직이는 소리가 들렸다. 그 방에 켜 놓은 촛불이 층계참을 가로질러 조그마한 빛을 쏘아 이선의 방문 아래에 보일락 말락 한 선을 그어 놓았다. 그 불빛이 사라질 때까지 그는 눈을 떼지 않았다. 그러고 나서 방은 완전히 캄캄해졌고, 천식을 앓는 지나의 거친 숨소리 이외에 아무런 소리도 들리지 않았다. 이선은 생각해야 할 일이 많아 마음이 혼란스러웠지만 얼얼한 혈관과 피곤한 머릿속에는 오직 한 가지 감각, 매티의 어깨가 자기에게 닿았을 때의 그 따뜻한 감촉만이 고동쳤다. 그녀를 안았을 때 왜 입을 맞추지 않았을까? 몇 시간 전 같았으면 스스로에게 이런 물음을 던지지 않았을 것이다. 단둘이 집 밖에 서 있던 불과 몇 분 전만 하더라도 그는 감히 그녀에게 입을 맞출 생각은 못 했을 것이다. 하지만 램프 불빛 아래에서 그녀의 입술을 본 뒤로는 그것이 자기 것이라고 느꼈다.

지금 맑은 아침 공기 속에 매티의 얼굴이 아직 눈앞에 선했다. 그것은 붉은 햇빛의 일부였고 맑게 빛나는 흰 눈의 일부였다. 스탁필드에 온 뒤로 그녀는 얼마나 달라졌던가! 그가 정거장에서 처음 맞이할 때 그녀가 얼마나 창백하고 가냘파 보였는지 기억했다. 그리고 첫해 겨울 내내 거센 북풍이 얇은 지붕 판자를 흔들어 대고 눈보라가 제대로 닫히지도 않는 창문을 우박처럼 때릴 때 그녀는 얼마나 추위에 떨었던가!

이선은 매티가 이 고된 생활과 추위와 고독을 싫어할 거라고 생각했다. 그런데 어떤 불만의 기색도 찾아 볼 수 없었다.

지나는 매티가 스탁필드 말고 갈 데가 없기 때문에 어떻게든 이곳을 참아 내는 수밖에 없다는 주장을 폈다. 하지만 이 말이 이선에게는 그다지 결정적인 말로 들리지 않았다. 어쨌든 지나는 이 원칙을 자신에게는 적용하지 않았다.

그는 매티가 어떤 의미에서는 불운 탓으로 자기 집에 매인 몸이 되었기 때문에 더더욱 가엾게 여겼다. 매티 실버는 제노비아 프롬네 사촌의 딸[22]이었다. 그 사촌은 산간 지방에서 살다가 코네티컷주에 내려와 스탬퍼드 출신 여자와 결혼하고 장사가 잘되는 장인의 '약국' 사업까지 물려받아 집안으로부터 부러움과 질시를 한 몸에 받았었다. 그런데 불행하게도 큰 야심을 품고 있던 사나이 오린 실버는 결과가 수단을 정당화한다는 것을 증명하지 못한 채 너무 일찍 죽었다. 그의 회계 장부가 그 수단이 어떤 것이었는지 보여 줄 뿐이었다. 장엄하게 장례식을 치른 뒤에 회계 장부를 열어 본 것은 그 아내와 딸을 위해서는 여간 다행스러운 일이 아니었다. 아내는 이 장부 때문에 죽었고, 매티는 스무 살에 고아로 혼자 남아 피아노를 판 돈 50달러를 가지고 살아가야만 했다. 매티의 재주는 비록 다양하기는 했지만 생계를 유지하는 데는 그다지 걸맞지 않았다. 그녀는 모자에 장식을 달 줄 알고, 엿기름으로 캔디를 만들 줄 알고, 「오늘 저녁엔 만종을 울리지 마라」[23]라는 시

---

22) 앞에서 밝혔듯이 성이 다른 점으로 보아 친가보다는 외가 친척 같다. 이디스 워튼은 4장에서 매티를 제노비아의 사촌으로 언급한다.
23) 미국 시인 로즈 하트윅 소프(1850~1939)가 1866년에 쓴 시. 베시라는 처녀가 사형을 기다리는 남자 친구를 구출하기 위해 종의 추에 매달리는 내

를 읊을 줄 알고, 「잃어버린 화음」[24]과 「카르멘」[25]의 접속곡을 연주할 줄 알았다. 속기술과 부기 쪽으로 활동 범위를 넓히려고 했을 때 건강이 매우 나빠졌다. 어느 백화점 계산대 뒤에서 여섯 달을 지내고도 건강은 좀처럼 회복되지 않았다. 가장 가까운 친척들은 저축한 돈을 그녀 아버지의 손에 맡기라는 권유를 받았었다. 그럼에도 그가 죽은 뒤에 그들은 그 딸에게 줄 수 있는 모든 충고를 해 줌으로써 선으로 악을 갚는다는[26] 기독교적 의무를 힘닿는 데까지 다했으나, 그렇다고 물질적인 도움을 기대하기는 어려운 노릇이었다. 그런데 제노비아의 의사가 그녀에게 집안일을 도와줄 사람이 필요하다고 했을 때 친척들은 매티한테서 보상을 받아 낼 기회가 온 것을 금방 알았다. 제노비아는 매티의 능력에 다소 의심을 품었지만 아무리 잔소리를 해도 놓칠 염려가 없다는 점에서 귀가 솔깃했다. 이렇게 해서 매티가 스타크필드에 오게 되었다.

제노비아의 흠잡기는 말없이 책망하는 쪽이었는데 그렇다고 해서 덜 날카롭지는 않았다. 처음 몇 달 동안 이선은 매티

용이다. 이 작품은 20세기 초까지 젊은 여성들에게 큰 인기를 끌었다.
24) 애들레이드 앤 프록터(1825~1864)의 시에 설리번 경(1842~1900)이 곡을 붙인 찬송가. 이디스 워튼은 이 찬송가를 단편 소설 「냉수 한 컵」에서도 언급한다.
25) 조르주 비제(1838~1875)가 작곡한 4막의 경가극. 프로스페르 메리메(1803~1870)의 동명 소설을 기초로 만든 이 작품은 세계에서 가장 인기 있는 오페라 중 하나로 꼽힌다.
26) "사랑에는 거짓이 없어야 합니다. 악한 것을 미워하고, 선한 것을 굳게 잡으십시오." (「로마서」 12장 9절)

가 제노비아에게 대드는 것을 보고 싶은 욕망에 사로잡히기도 했고, 그 결과에 대한 공포로 두려움에 떨기도 했다. 그리고 나서 상황은 차츰 긴장감이 덜해졌다. 맑은 공기와 여름날 긴 시간을 바깥에서 지내는 일이 매티에게 다시 생기와 탄력을 가져다주었다. 그리고 지나가 자신의 복잡한 질병을 보살피는 데 몰두하면서 매티의 부족한 점을 덜 지켜보게 되었다. 이리하여 이선은 소출이 별로 없는 농장과 기울어 가는 목재소 때문에 허덕이면서 적어도 자기 집안에 평화가 찾아왔다고 생각할 수 있었다.

지금도 그렇지 않다는 확실한 증거는 어디에도 없었다. 그런데 전날 밤부터 막연한 공포가 눈앞에 가물거렸다. 그 공포감은 지나의 끈질긴 침묵과 매티의 갑작스러운 경계의 눈빛, 구름 한 점 없는 어느 아침에 밤이 되기 전 비가 올 것이라고 말해 주듯이 순간적으로 스쳐 가는 지각하기 어려운 암시에 대한 기억으로 이루어져 있었다.

그의 두려움이 아주 강렬해서 이선은 남자답게 그 필연적인 일을 뒤로 미루려고 했다. 목재를 끌어 내리는 일이 정오까지 끝나지 않았다. 목재를 스탁필드의 건축업자인 앤드루 헤일에게 넘겨야 했기 때문에 이선은 일꾼으로 고용한 조섬 파월[27])을 걸어서 농장에 돌려보내고 자기가 목재를 마차에 싣고 마을로 내려가는 게 훨씬 편했다. 그는 통나무로 기어 올라가

---

27) '조섬'은 구약 성서에 나오는 인물로 뉴잉글랜드에서 청교도주의가 아직 힘을 떨치고 있음을 보여 준다.

털이 많은 밤색 말들 가까이 그 위에 걸터앉았다. 그때 어젯밤 매티가 던진 경계의 눈빛이 자기와 바람에 나부끼는 말의 목덜미 사이로 아른거렸다.

'무슨 언짢은 일이 생길지 모르니 집에 가 있어야지.' 그가 조섬에게 말들을 풀어 마구간으로 데려가라고 갑작스러운 지시를 내릴 때 막연히 떠오른 생각이었다.

이선은 걷기 힘든 들판을 가로질러 터벅터벅 집까지 왔다. 부엌에 들어섰을 때 매티는 난로에서 커피 주전자를 들어내는 중이었고 지나는 벌써 식탁에 앉아 있었다. 아내를 보자 이선은 갑자기 걸음을 멈췄다. 평상시의 사라사 실내복과 털실로 짠 숄 대신에 갈색 메리노 울 재질의 가장 좋은 나들이옷을 입고 크림핑 핀으로 물결치게 만든 자국이 아직 남아 있는 숱이 적은 머리 위에는 딱딱하고 깎아 세운 듯이 높은 보닛을 쓰고 있었다. 이선은 베츠브리지 상점에서 5달러를 주고 그 모자를 산 기억이 났다. 아내 옆에는 마루에 그의 낡은 여행 가방과 신문지로 싼 종이 상자가 놓여 있었다.

"여보, 어딜 가려고?" 그가 소리쳤다.

"몸이 쿡쿡 쑤시고 아파서 베츠브리지에 가 마서 피어스[28] 아주머니 집에 머물며 새로 온 의사를 만나 보려고." 지나는 무미건조한 어조로 대답했다. 과일 조림이 어떻게 되었나 살펴보러 저장실에 가거나 담요를 살피러 다락에 올라가려 한

---

28) 지나 프롬의 친정 사람. 이선 프롬과 결혼하기 전 지나의 이름은 '제노비아 피어스'였다.

다고 말하는 투였다.

지나는 늘 집 안에서 앉아 지내는 편이었지만 이렇게 갑자기 결정을 내리는 일이 전례가 없지 않았다. 전에도 두서너 번 갑자기 이선의 여행 가방에 짐을 챙겨 새로 온 의사에게 진찰을 받으러 베츠브리지나 스프링필드로 떠난 일이 있었다. 비용 때문에 남편은 이런 나들이가 겁이 났다. 지나는 언제나 값비싼 약을 잔뜩 걸머지고 돌아오기 일쑤였다. 마지막으로 스프링필드에 갔을 때도 도무지 사용 방법조차 전혀 알 수 없는 전기 치료기를 20달러나 주고 사 왔다. 하지만 지금 이 순간에는 그의 안도감이 너무나 커서 다른 감정을 느낄 여유가 없었다. 이선은 지나가 전날 밤에 몸이 '너무 좋지 않아서' 잠을 못 이루고 일어나 앉아 있었다고 밝혔을 때 거짓이 아니었다는 것을 이제 의심하지 않았다. 아내가 갑자기 의사의 진찰을 받아야겠다고 결심한 것을 보면 전처럼 전적으로 자기 건강 문제에 몰두하고 있었다.

남편이 불만스러워할 거라고 예상했는지 지나는 애처롭게 말을 이었다. "목재를 운반하느라 너무 바쁘면 조섬 파월더러 밤색 말로 나를 데려다주라고 해도 되잖아. 플래츠에서 떠나는 기차를 탈 수 있도록 말이야."

남편은 아내가 하는 소리를 거의 듣지 못했다. 겨울 동안은 스탁필드와 베츠브리지 사이에 역마차가 없었고, 코베리플래츠에서 정차하는 기차는 더디기도 하거니와 자주 다니지도 않았다. 언뜻 헤아려 봐도 이선이 생각하기에는 지나가 그 이튿날 저녁까지 농장에 돌아오지 못할 것 같았다…….

"조섬 파월이 나를 데려다주는 게 싫다면……." 지나는 남편의 침묵이 거절을 뜻하나 싶어 다시 말을 꺼냈다. 어디로 떠나기 전이면 늘 분수처럼 말을 쏟아 냈다. "내가 판단하기에 현재 상태론 더 이상 견디지 못하겠어." 그녀가 계속 말했다. "이젠 쑤시는 게 발꿈치까지 내려왔어. 그렇지만 않아도 당신을 괴롭히느니 차라리 내 발로 스탁필드까지 걸어가서 마이클 이디더러 식료품을 싣고 오는 기차를 맞으러 짐마차를 보낼 때 플래츠까지 데려다 달라고 할 거야. 그럼 정거장에서 두 시간은 기다려야 할 테지만. 이렇게 추운 날씨지만 그래도 그러는 편이 더 낫지. 당신 입에서……."

"물론 조섬이 당신을 데려다줄 거야." 이선은 몸을 일으키며 대답했다. 그는 지나가 말하는 동안 자신이 매티를 바라보고 있었음을 문득 깨닫고는 힘들여 아내에게로 눈을 돌렸다. 아내는 창문 반대편에 앉아 있었다. 쌓여 있는 눈에서 반사되는 창백한 빛 때문에 아내의 얼굴은 여느 때보다 훨씬 더 쭈그러들고 해쓱해 보였다. 귀와 뺨 사이에 나란한 주름살 세 개가 더 뚜렷해졌고, 여윈 콧날부터 입가까지 불만 많은 주름살을 그었다. 지나는 남편보다 겨우 일곱 살 위였다. 그는 스물여덟 살밖에 안 되었는데 그녀는 벌써 할머니였다.

이선은 이 경우에 어울리는 말을 찾으려고 했지만 오직 한 가지 생각밖에는 떠오르지 않았다. 매티가 자기네하고 같이 살러 오고 나서 처음으로 지나가 하룻밤 동안 집을 비운다는 사실이었다. 그는 매티도 지금 이런 생각을 하고 있을지 궁금했다……

이선은 왜 조섭 파월한테 목재를 스타필드로 가져가게 하고 그가 직접 플래츠까지 태워다 주지 않는지 의심할지 모른다는 것을 알았다. 처음엔 그러지 않을 구실을 생각해 낼 수가 없었다. 그래서 "내가 당신을 데려다주고 싶지만 목재 대금을 현찰로 받으러 가야 해서."라고 말했다.

이 말을 입 밖에 내자마자 곧 후회했다. 사실이 아니기 때문만이 아니라 ─ 헤일에게서 현찰로 대금을 받을 가망은 없었다 ─ 경험에 비춰 보아 지나가 치료받으러 가기 직전에 돈이 생긴다고 생각하게 하는 것은 경솔한 짓인 줄을 잘 알기 때문이었다. 그러나 이 순간 이선의 단 한 가지 바람은 어떻게 하면 늙은 밤색 말 뒤에서 그녀와 함께 천천히 말을 타고 가는 긴 길을 피하는가뿐이었다.

지나는 아무 대답이 없었다. 그가 하는 말을 듣지 못한 모양이었다. 그녀는 먹던 그릇을 옆으로 밀어 놓고 팔꿈치 옆에 놓인 큰 병에서 약을 따르고 있었다.

"나에겐 전혀 효험이 없지만 그래도 다 먹는 게 좋겠지." 지나가 말했다. 그러고 나서 빈 약병을 매티를 향해 밀며 덧붙였다. "이 약병에서 약 냄새만 없애면 오이지 병으로 쓸 수 있을 거야."

4

아내가 떠나자 이선은 옷걸이에서 외투와 모자를 집어 들었다. 매티는 전날 밤의 댄스곡 하나를 흥얼거리면서 접시를 닦고 있었다. 그는 "잘 있어, 맷!" 하고 말했고, 그녀는 쾌활한 목소리로 "이선 아저씨, 안녕히 다녀오세요." 하고 답했다. 그저 그뿐이었다.

부엌은 따뜻하고 밝았다. 남쪽 창문으로 들어온 햇살이 움직이는 매티의 몸 위에, 의자에서 졸고 있는 고양이 위에, 문간에서 들여다 놓은 제라늄 위에 비스듬히 쏟아졌다. 그 제라늄은 지난여름 이선이 매티를 위해 '꽃밭을 만들어' 준다며 문간 옆에 심은 것이다. 그는 잠깐 능청을 부리면서 매티가 설거지를 끝내고 바느질하는 모습을 지켜보고 싶었다. 하지만 날이 어둡기 전에 목재 운반을 끝마치고 농장으로 돌아오고 싶었다.

마을로 내려가는 내내 그는 매티에게 돌아올 일만 생각했다. 부엌은 보잘것없었다. 그가 어릴 적 어머니가 돌보던 것처럼 그렇게 '깨끗하고' 반질반질하게 윤이 나지 않았다. 하지만 지나가 집에 없다는 사실만으로 놀랍게도 부엌이 정답게 보였다. 이선은 자기와 매티가 저녁 식사를 마친 뒤 그날 저녁 어떤 모습일까 마음속에 그려 보았다. 생전 처음 두 사람은 집 안에 둘이서만 있게 될 것이다. 마치 결혼한 부부처럼 난로 양쪽에 마주 앉아 있을 것이다. 그는 발에 긴 양말을 신고서 담배를 피우고, 매티는 그녀 특유의 재미있는 방식으로 말하면서 말이다. 그녀의 말은 그가 전에 한 번도 들어 보지 못한 것처럼 늘 새로웠다.

그 달콤한 광경, 그리고 지나와의 '문제'에 대한 공포가 근거 없다는 것을 알게 된 안도감으로 그의 기분은 날아갈 듯이 가벼웠다. 그래서 평소에 말이 없던 그가 눈 덮인 들판을 가로질러 달리면서 휘파람을 불고 소리 높여 노래를 불렀다. 그의 가슴속에는 스탁필드의 기나긴 겨울도 아직 끄지 못한 사교성의 불씨가 잠들어 있었다. 그는 날 때부터 점잖고 말수가 적었지만 다른 사람들의 무모함과 쾌활함에 탄복했고, 다정한 인간관계를 맺게 되면 뼛속까지 따뜻해지는 그런 사람이었다. 우스터에 있을 때는 남들과 잘 어울리지 못하고 재미있게 노는 데도 별로 수완이 없는 사람이라고 소문이 났었다. 하지만 친구가 등을 툭 치면서 "어이, 이스 영감!" 하거나 "이봐, 막대기 같은 영감!"이라고 부를 때는 속으로 은근히 기뻐했다. 그런 친밀함을 느낄 수 없던 탓에 스탁필드에 돌아오는 일이 더욱 섭섭했다.

스탁필드에서는 해가 지날수록 침묵이 더 깊어 갔다. 아버지가 사고를 당한 뒤 혼자 남아서 농장과 목재소 일을 감당해야 했기 때문에 마을에 내려가 즐겁게 놀 여유가 없었다. 그리고 어머니가 병석에 드러눕자 집안의 침묵은 들판의 침묵보다 더 견디기 어려웠다. 그의 어머니는 한창때에 말이 많은 여자였지만 '병'이 난 뒤로는 언어 능력을 잃어버린 게 아닌데도 좀처럼 입을 열지 않았다. 간혹 동지섣달 기나긴 밤에 아들이 하도 답답하여 왜 '아무 말'도 하지 않느냐고 물어보면 어머니는 손가락 하나를 들며 "지금은 듣고 있기 때문이란다." 하고 대답했다. 그리고 폭풍우가 닥칠 듯이 집 주위에 요란한 바람이 휘몰아치는 밤 아들이 말을 붙이기라도 하면 어머니는 "저 사람들이 하도 크게 지껄여 대는 바람에 네 목소리가 잘 들리지 않는구나." 하고 불평을 늘어놓았다.

어머니가 임종에 가까워지고 이선의 사촌 누나[29] 제노비아 피어스가 근처 산골에서 내려와 어머니의 병간호를 도와줄 때에야 비로소 이 집에 사람의 말소리가 다시 들렸다. 오랜 유폐와도 같은 치명적인 침묵 끝에 듣는 지나의 수다는 이선의 귀에 달콤한 음악처럼 들렸다. 만약 새로운 목소리가 들려와 붙잡아 주지 않았더라면 그도 '어머니같이 되어 버렸을는지' 모른다는 느낌이 들었다. 지나는 그의 처지를 한눈에 알

---

29) 이선의 성과 제노비아의 성이 다른 것으로 보아 고종사촌 또는 외가 쪽 친척인 듯하다.

아보는 듯했다. 가장 간단한 병시중도 들 줄 모른다고 웃더니 그에게 '어서 밖에 나가 보라'고, 집안일은 자기한테 맡기라고 말했다. 그는 지나의 명령대로 밖에 나가 마음 놓고 다시 자기 일을 하고 다른 사람들과 이야기를 나누게 되었다는 사실만으로 흐트러졌던 마음을 다시 추슬렀다. 또 자기가 지나에게 얼마나 큰 신세를 지고 있는지 새삼 깨달았다. 이선은 지나의 그 능숙함에 한편으로 부끄러웠고 다른 한편으로 눈이 부셨다. 그가 오랫동안 배우고도 잘 모르는 집안일을 지나는 본능으로 아는 듯했다. 어머니의 임종이 닥쳐왔을 때 말을 준비해 장의사를 부르러 가라고 일러 준 것도 지나였다. 그리고 그가 미리 어머니의 옷가지와 재봉틀을 누구에게 줄지 결정하지 않은 것을 '이상하다'고 생각했다. 장례가 끝난 뒤에 지나가 떠날 차비를 하는 것을 보고 이선은 농장에 혼자 남게 된다는 근거 없는 공포감에 사로잡혔다. 그래서 자기도 무슨 말을 하는지 깨닫지 못한 채 지나에게 자기 집에 계속 머물러 달라고 부탁했다. 그 후로 가끔 그는 어머니가 겨울이 아니라 봄에만 돌아가셨어도 이런 일은 일어나지 않았을 거라고 생각하곤 했다…….

그들은 결혼할 때 프롬 부인이 오랫동안 앓으면서 생겨난 재정 문제를 모두 정리하면 농장과 목재소를 팔고 큰 도시에 가서 운명을 개척해 보자고 약속했다. 이선은 대자연을 좋아하면서도 농사일에는 별다른 관심이 없었다. 그는 늘 기계 기술자가 되어 강연이 열리고 큰 도서관이 있고 '사람들이 무엇인가 흥미로운 일을 하는' 소도시에 가서 살고 싶어 했다. 우스터에서 공부할 때 잠시나마 플로리다에서 대단치 않은 기술직을 가져 본 터라 세상에 나가려는 열의는 물론이고 자기 능력에 대한 믿음이 꽤 컸다. 그리고 지나처럼 '똑똑한' 아내와 함께라면 소도시에서 머지않아 자리를 잡으리라는 확신이 들었다.

지나의 고향은 스탁필드보다 조금 더 크고 기차가 다니는 곳에서 가까운 마을이었다. 지나는 처음부터 남편에게 외딴 농장에서의 생활은 자기가 결혼할 때 기대했던 것이 아니라는 사실을 알렸다. 그런데 이선의 농장이나 목재소를 살 사람이 얼른 나타나지 않았고, 그들을 기다리는 동안 이선은 아내를 데리고 다른 곳으로 옮기기는 불가능하다는 사실을 깨닫게 되었다. 지나는 스탁필드를 얕잡아 봤는데 그렇다고 자기를 얕잡아 보는 곳에서는 살 수 없었다. 심지어 베츠브리지나 섀즈폴스조차 그녀를 제대로 알아주지 않을 것 같았다. 이선의 마음을 끄는 큰 도시에서라면 완전히 자기 존재를 잃어버릴 게 뻔한 노릇이었다. 게다가 결혼한 지 채 일 년이 안 되어 지나는 병자가 많은 이 마을에서조차 그녀를 주목하게 만든 '병'에 걸렸다. 그의 어머니를 돌볼 때 지나는 건강의 화신처럼 보였다. 하지만 그는 곧 병시중을 들면서 보여 준 그녀의 솜씨가 다름 아닌 자신의 증상[30]을 골똘히 관찰하면서 얻은 기술이란 사실을 알았다.

---

30) 19세기 의사들이 흔히 '히스테리아'라고 부르는 질병의 증상. 우울증, 흥분, 두통 등 신체 여러 부분의 통증이나 마비 등을 수반한다.

그다음에는 지나도 말수가 적어졌다. 어쩌면 이것은 이 농장 생활에서 어쩔 수 없이 따르는 결과이거나 지나가 가끔 입버릇처럼 말하듯 이선이 '도무지 자기 말을 들어 주지 않기' 때문일지도 모른다. 이런 비난은 전혀 근거 없지 않았다. 지나가 입을 열면 불평뿐이었고, 그것도 그의 힘으로는 도저히 어찌할 수 없는 일을 두고 하는 불평이었다. 그래서 성마른 말대꾸를 막아 보려고 이선은 처음에 아내의 말에 대꾸하지 않는 버릇이 생겼고, 마침내 아내가 말하는 동안에는 아예 다른 일을 생각했다. 그러나 최근에 아내를 좀 더 자세히 관찰할 이유가 생긴 뒤부터는 아내가 말을 하지 않는 게 오히려 그를 괴롭히기 시작했다. 어머니가 점점 말이 없어지던 일이 떠올라 지나도 어머니처럼 '이상해지지' 않을까 걱정이 되었다. 여자들은 그렇게 된다고 그는 알고 있었다. 이 지방 전체 병자들의 상태를 꿰뚫고 있는 지나는 그의 어머니를 간호하는 동안 이런 환자들의 경우를 많이 언급했었다. 이선도 근처 어떤 외딴 농가에 이런 병에 시달리며 신음하는 사람들이 있고, 또 다른 농가는 이들로 인해 갑작스러운 불행을 맞이했다는 것을 잘 알고 있었다. 이따금 지나의 시무룩한 얼굴을 바라볼 때면 그런 불길한 예감으로 소름이 끼쳤다. 또 어떤 때에는 아내의 침묵이 어떤 의도, 추측하기 어려운 의심과 원한에서 생긴 불가해한 결론을 일부러 감추려는 것처럼 보였다. 이런 생각은 오히려 다른 경우보다도 더 마음을 산란하게 만들었다. 전날 밤 부엌 문간에 서 있는 아내를 보았을 때 머리에 스쳐 간 것도 바로 그런 생각이었다.

이제 아내가 베츠브리지로 떠나고 보니 이선의 마음은 다시 한번 홀가분해졌고, 머릿속에는 온통 매티와 단둘이 저녁을 보낼 생각으로 가득했다. 다만 한 가지 일이 마음에 걸렸다. 지나에게 목재 대금을 현찰로 받게 되었다고 말한 일이었다. 이 경솔한 짓의 결과가 어떠리라는 걸 똑똑히 예측하고 있기 때문에 그는 아주 내키지 않으면서도 앤드루 헤일에게 목재값에 대한 약간의 선금 지불을 부탁하기로 마음먹었다.

이선이 헤일의 목재소로 말을 몰고 갔을 때 이 건축업자는 마침 썰매에서 내리는 참이었다.

"어이, 이스!" 그가 말했다. "마침 잘됐네."

앤드루 헤일은 크고 희끗희끗한 콧수염을 기르고 옷깃이 닿지 않는 두 턱에 수염이 까칠까칠하게 자란 얼굴색이 붉은 사람이었다. 하지만 더할 나위 없이 깨끗한 셔츠는 언제나 조그마한 다이아몬드 장식 단추로 채워져 있었다. 이런 화려한 과시는 그의 주머니 사정을 오해하도록 만들기 십상이었다. 사업을 꽤 잘하는 편이었지만 만사태평한 습성에다가 식솔이 많이 딸린 탓에 그는 스탁필드 마을 사람들의 말에 따르면 자주 '빚을 지는' 처지라고 알려져 있었다. 이선네 집안과 오랜 친구였고, 그의 집은 지나가 가끔 찾는 몇 안 되는 집들 가운데 하나였다. 헤일 부인이 젊을 적에 스탁필드 지방에서는 어느 부인보다 더 많이 '의원 노릇'을 해 본 데다 여전히 여러 증세와 치료의 권위자로 인정받고 있기 때문이었다.

헤일은 회색 말들에게 다가가서 땀이 흐르는 옆구리를 어루만졌다.

"저, 아저씨." 그가 말했다. "그 말들을 애완 동물 다루듯이 하시네요."

이선은 통나무들을 부리기 시작했고, 그 일이 끝나자 건축업자가 사무실로 사용하는 창고의 유리문을 열었다. 헤일은 난로에 발을 올리고 서류가 널린 낡은 책상에 등을 기대고 앉아 있었다. 이 방도 주인과 마찬가지로 따뜻하고 다정하고 지저분했다.

"거기 앉아서 몸을 좀 녹이게나." 하며 그가 이선을 맞았다.

이선은 어떻게 말을 꺼내야 할지 몰랐지만 마침내 50달러를 선금으로 지불해 달라고 간신히 부탁했다. 헤일이 놀라는 바람에 그의 얇은 피부가 발갛게 상기되었다. 이 건축업자는 보통 세 달이 지나야 대금을 치렀고, 두 사람 사이에는 현찰로 거래한 적이 한 번도 없었다.

이선은 급히 돈 쓸 일이 생겼다고 부탁하면 헤일이 어떻게든 변통해 주리라는 것을 잘 알았다. 하지만 자존심과 본능적인 신중함 때문에 그러지 못했다. 아버지가 세상을 떠난 뒤 비로소 빚을 청산하기까지 오랜 시간이 걸렸다. 그는 앤드루 헤일이나 스탁필드에 사는 어느 누구도 자신이 또다시 경제적으로 어려움을 겪고 있다고 생각하는 것은 바라지 않았다. 게다가 거짓말을 하기 싫었다. 그가 돈이 필요하면 필요한 것이지 다른 사람이 굳이 그 이유를 물을 까닭은 없었다. 그 결과 이선은 자신이 굽실거리고 있음을 스스로 인정하려 들지 않는 자존심 강한 사람처럼 어딘지 어색하게 부탁했다. 헤일의 거절에도 그다지 놀라지 않았다.

모든 일에 그러듯이 건축업자는 예의를 갖춰 거절했다. 그는 이 일을 무슨 짓궂은 농담처럼 받아들였고, 이선이 그랜드 피아노를 사거나 집에 '큐폴로'[31]를 덧붙일 생각인지 알고 싶어 했다. 만약 후자의 경우라면 공짜로 공사를 해 주겠다고 제안했다.

이선의 기교는 곧 바닥을 드러냈다. 잠깐 어색해하며 머뭇거리다가 헤일에게 작별 인사를 하고 사무실 문을 열었다. 이선이 사무실을 나서려는데 건축업자가 갑자기 뒤에서 불렀다. "여보게, 혹시 자네가 그 정도로 곤란한 상태에 놓인 건 아니지?"

"아뇨, 전혀 그렇지 않습니다." 이선이 대답했다. 이성보다는 자존심이 앞섰다.

"그러면 됐어! 난 지금 좀 곤란한 상태거든. 사실은 말인데 오히려 내가 지불 기간을 늦춰 달라고 부탁하려던 참이었다네. 우선 사업이 잘되지 않는 데다 네드와 루스가 결혼해서 살 조그마한 집을 지어 주려고 하니 말일세. 기꺼이 그렇게 해 주고 싶은데 돈이 든단 말씀이야." 이선에게 동정을 구하는 기색이 역력했다. "젊은이들은 무엇이나 그럴듯한 것을 좋아하지 않나. 자네도 잘 알 테지. 지나에게 집을 꾸며 준 게 그리 오래 전 일이 아니니까 말이야."

---

31) 앤드루 헤일은 '큐폴러(cupola)'를 북부 사투리로 '큐폴로(cupolo)'라고 발음한다. 큐폴러는 건물의 둥근 지붕이나 그런 지붕의 꼭대기 탑을 가리킨다. 이곳에 흔히 풍향계나 시계 등을 설치한다.

이선은 헤일의 마구간에 회색 말들을 놓아 두고 마을에 다른 볼일을 보러 갔다. 걸어가는 동안 건축업자의 마지막 말이 귓가에 맴돌았다. 지나와 함께 산 지난 칠 년이 스탁필드 사람들에게는 '그리 오래지 않은' 시간처럼 보이는 것에 쓴웃음을 지었다.

오후가 끝나 가고 있었고, 여기저기 유리창에 불이 켜지자 차가운 잿빛 어둠이 반짝거리면서 눈이 더욱 하얗게 보였다. 차가운 날씨 때문에 다들 집 안에 틀어박혀 있었기 때문에 긴 시골길에는 이선 혼자뿐이었다. 갑자기 썰매 방울 소리가 요란스럽게 들리더니 조그마한 썰매 한 대가 제멋대로 달리는 말한테 이끌려 옆을 지나갔다. 이선은 마이클 이디의 갈색 망아지를 알아보았다. 멋들어진 새털 모자를 쓴 젊은 데니스 이디가 몸을 앞으로 구부리고 손을 흔들며 "안녕하세요, 이스씨!" 하고 소리치고는 계속 달려갔다.

썰매는 프롬 농장 쪽으로 가고 있었다. 점점 멀어지는 방울 소리를 들으면서 이선의 가슴은 오그라들었다. 지나가 베츠브리지로 떠났다는 소식을 들은 데니스 이디가 이 기회를 틈타 매티와 같이 시간을 보내려는 것이 아니고 무엇인가? 이선은 가슴속에 폭풍우처럼 거세게 일어나는 질투심이 부끄러웠다. 매티를 생각하는 마음이 그토록 강렬하면서도 어쩐지 이 아가씨를 차지할 자격이 없다는 생각이 들었다.

이선은 교회 모퉁이까지 걸어가서 전날 밤 매티와 나란히 서 있던 바넘네 전나무 그늘로 들어갔다. 어둠 속으로 들어갈 때 바로 앞에서 무언가 어렴풋한 윤곽이 보였다. 이선이 가까

이 다가서자 그것은 잠깐 떨어졌다가 다시 하나가 되었다. 입
맞춤하는 소리가 들렸고, 그의 모습을 알아채고는 짜증 내며
웃음 섞인 소리로 "아!" 하는 탄성이 들려왔다. 또다시 이 윤곽
은 재빨리 떨어졌고, 그 반쪽이 사라진 뒤 바넘네 대문이 쾅 하
고 닫히는 동시에 다른 반쪽은 이선을 앞질러 서둘러 걸어갔
다. 이선은 자기 때문에 당황한 젊은이들을 보고 빙그레 웃었
다. 네드 헤일과 루스 바넘이 서로 입을 맞추다가 들킨들 무슨
문제란 말인가? 스탁필드에서는 누구나 다 그들이 약혼한 사
이라는 걸 알고 있었다. 자신과 매티가 마음속에 상대방에 대
한 갈등을 느끼며 서 있던 자리에서 한 쌍의 연인을 놀라게 했
다는 생각에 이선은 기분이 좋았다. 하지만 두 연인은 자신들
의 행복을 숨길 필요가 없다는 생각이 들자 가슴이 저며 왔다.

이선은 헤일의 마구간에서 회색 말들을 끌어내어 긴 언덕
길을 따라 농장으로 향했다. 추위는 전날 아침보다 덜했고, 양
털 같은 짙은 구름이 낀 하늘로 보아 내일은 눈이 퍼부을 모양
이었다. 여기저기 별이 하나둘씩 모습을 드러내며 그 뒤쪽에
깊은 우물 같은 창공을 보여 주었다. 이제 한두 시간이면 달이
농장 뒤 산등성이 위로 밀고 나와 구름 가장자리를 금빛으로
장식하고는 다시 구름 속에 잠길 것이다. 마치 추위의 느슨한
손아귀를 느끼고 이 기나긴 겨울잠에 사지를 뻗고 누운 듯 구
슬픈 평화가 들판 위에 걸려 있었다.

이선은 썰매의 방울 소리를 들으려고 쫑긋 귀를 기울였지
만 어떤 소리도 이 호젓한 길의 정적을 깨뜨리지 않았다. 농장
에 가까이 다가가자 대문 앞에 서 있는 칸막이 같은 낙엽송 사

이로 집 안에서 반짝이는 불빛이 보였다. "자기 방에 있네." 그는 혼자 중얼거렸다. "저녁을 준비하는 중이군." 이 집에 온 첫날 밤, 매티가 머리를 말쑥하게 빗고 목덜미에 리본을 드리우고 저녁을 먹으러 아래층으로 내려왔을 때 지나의 빈정대던 눈초리가 떠올랐다.

　그는 언덕 위의 무덤들 옆을 지나면서 고개를 돌려 오래된 묘비 하나를 바라보았다. 자기 이름이 쓰여 있어 어린 시절 깊은 감명을 주었던 묘비였다.

　　오십 년 동안을
　　평화스럽게 함께 산
　　이선 프롬[32]과 그 아내 인듀어런스[33]를
　　기리며

　같이 살기에 오십 년은 꽤 긴 세월같이 여겨졌는데 지금 와서는 이 긴 세월도 한순간처럼 금방 지나갈 것 같았다. 그는 문득 자신과 지나의 차례가 돌아올 때도 똑같은 비문이 쓰일까 궁금한 생각이 들었다.

---

32) 이 소설의 주인공 이선 프롬은 선조의 이름을 그대로 물려받았다. 이렇게 주인공의 이름을 반복하는 것은 유전과 환경의 힘에 따른 결정론적 주제와 관련이 있다.

33) 소설 속 인물의 이름이 흔히 그러하듯이 이 이름도 '인내'나 '인종'이라는 상징적 의미를 지닌다. '이선'도 히브리어로 '인내심 있는' 또는 '영원한'이라는 뜻이다.

이선은 자신의 갈색 말 곁에 있는 이디의 망아지를 보게 되지는 않을지 은근히 두려워하면서 마구간 문을 열고 목을 길게 빼어 어둠 속을 들여다보았다. 그러나 마구간에는 늙은 말이 혼자 이 빠진 입으로 우물우물 구유를 핥고 있었다. 이선은 신바람 나게 휘파람을 불면서 회색 말들에게 짚을 깔아 주고 구유에 여분으로 귀리를 넣어 주었다. 그의 목소리가 듣기 좋은 목소리는 아니었지만 마구간 문을 잠그고 언덕을 뛰어올라 집으로 향할 때는 거친 소리나마 노래가 흘러나왔다. 이선은 부엌 문간에 이르러 문고리를 돌렸다. 그런데 문이 열리지 않았다.

그는 문이 잠겨 있는 것을 알고 놀라서 문고리를 난폭하게 흔들어 댔다. 그러다 매티가 집에 혼자 있으며, 밤중에 스스로를 보호하는 것은 당연하다는 생각이 들었다. 그는 매티의 발소리가 들리기를 기다리며 어둠 속에 서 있었다. 발소리는 들리지 않았고, 귀를 기울여 보아도 아무 소용이 없자 기뻐서 떨리는 목소리로 "이봐, 맷!" 하고 불렀다.

정적이 대답했다. 하지만 잠시 뒤 계단에서 무슨 소리가 들리더니 문틀 주위에 그가 전날 밤에 본 것과 같은 한 줄기 빛이 보였다. 정말 이상하게도 전날 밤에 일어났던 일이 정확하게 그대로 되풀이된 탓에 문 여는 소리가 들릴 때 아내가 자기 앞 문지방 위에 서 있으려니 예상했다. 그러나 문이 열리자 매티가 앞에 서 있었다.

매티는 손에 램프를 들고 부엌의 검은 배경을 등진 채 지나가 서 있던 그대로 서 있었다. 똑같은 높이로 램프를 들었고,

그 불빛도 전날 밤과 똑같이 분명하게 그녀의 가냘픈 목과 어린아이보다 굵지 않은 갈색 손목을 드러내고 있었다. 그러고는 그 불빛이 위로 올라가자 그녀의 입술에 윤기가 흘렀고, 눈 가장자리는 벨벳 색깔이 되었으며, 눈썹의 검은 곡선 윗부분이 순백의 우윳빛으로 빛났다.

매티는 평소처럼 거무스레한 색 옷을 입었고, 목에 나비매듭을 매지 않았다. 하지만 머리에 자주색 리본을 달았다. 이것이 그녀를 평상시와 달라 보이고 훨씬 돋보이게 했다. 이선의 눈에는 더 커지고 풍만해지고 몸매와 몸놀림이 더 여성스러워진 듯했다. 그가 들어서자 매티는 비켜서서 살짝 미소 짓다가 물 흐르듯 사뿐한 걸음걸이로 물러났다. 그녀는 초롱불을 식탁 위에 두었다. 식탁에는 갓 구운 도넛과 뭉근하게 끓인 블루베리와 그가 좋아하는 피클을 화려한 붉은 유리 접시에 담아 저녁 식사를 정성스럽게 차려 놓았다. 난로에 불이 이글이글 타올랐고, 고양이가 졸린 눈으로 그 앞에 누워 식탁을 바라보고 있었다.

이선은 행복감에 숨이 막혔다. 그는 복도로 나가서 외투를 걸어 놓고 젖은 구두를 벗었다. 다시 돌아왔을 때 매티는 벌써 찻주전자를 식탁 위에 내놓았고, 고양이가 응석 부리듯 그녀의 복사뼈에 몸을 비비고 있었다.

"이런, 나비야! 하마터면 넘어질 뻔했잖아." 매티가 소리를 질렀다. 웃음이 두 눈썹 사이로 빛났다.

또다시 이선은 가시처럼 짜릿하게 찔러 오는 갑작스러운 질투심을 느꼈다. 정말 자신이 온다고 그녀의 얼굴이 이렇게 빛날 수 있을까?

"참, 매티, 누구 찾아온 사람이 없었어?" 그가 몸을 구부려 건성으로 난로의 걸쇠를 살피면서 불쑥 입을 열었다.

매티는 고개를 끄덕이고는 웃으면서 말했다. "맞아요, 한 사람 왔었어요." 그는 자신의 미간에 어두운 그림자가 드리우는 것을 느꼈다.

"그게 누군데?" 이선은 몸을 일으키면서 찡그린 얼굴로 매티를 비껴 보며 물었다.

매티의 눈에는 장난기가 가득했다. "누구긴요, 조섬 파월이죠. 돌아오는 길에 잠시 들러서는 자기 집으로 내려가기 전에 커피나 한잔 달라고 하던걸요."

이선의 머릿속에 검은 그림자가 걷히고 밝은 빛이 어렸다. "그뿐이야? 커피는 대접했겠지." 그리고 나서 잠시 잠자코 있다가 "지나를 플래츠까지 잘 데려다주었겠지?" 하고 덧붙이는 것이 좋겠다고 생각했다.

"그럼, 물론이죠. 시간도 넉넉했고요."

지나라는 이름이 두 사람 사이에 그만 찬물을 끼얹었다. 매티가 수줍게 웃으면서 "이제 저녁 먹을 시간인 것 같네요." 하고 입을 열 때까지 그들은 잠시 곁눈질로 상대방을 쳐다보며 서 있었다.

두 사람은 식탁으로 의자를 끌어당겼다. 초대받지도 않은 고양이가 두 사람 사이에 놓인 지나의 빈 의자에 껑충 뛰어올랐다. "이런, 나비야!" 매티가 말했고, 그들은 또다시 웃었다.

이선은 조금 전만 하더라도 웅변을 토하고 싶은 심정이었다. 그런데 지나 이야기가 나오자 입이 얼어붙었다. 매티도 그의 당혹감에 감염되었는지 눈을 내리깔고 앉아 차를 조금씩 마실 뿐이었다. 한편 그는 짐짓 왕성한 식욕이 솟구치는 듯 도넛과 달콤한 피클을 먹었다. 드디어 적절한 화젯거리를 생각해 낸 다음 그는 차를 한 번 길게 꿀꺽 마시고 목청을 가다듬었다. 그리고 말했다. "눈이 좀 더 내릴 모양이군."

매티는 퍽 관심을 보이는 척했다. "그래요? 혹 지나 아주머니가 돌아오시는 데 지장이 있진 않을까요?" 이 말을 입 밖에 내자마자 매티는 얼굴이 빨갛게 달아올라 얼른 찻잔을 내려놓았다.

이선은 피클을 한 번 더 집으려고 손을 내밀었다. "이맘때면 플래츠에 눈보라가 불어닥치지 않는다고 장담할 수가 없어." 지나의 이름이 다시 그의 사지를 굳어지게 만들었다. 마치 지나가 부엌 안에 두 사람 사이에 있는 느낌이었다.

"아, 나비야, 넌 정말 욕심이 많구나!" 매티가 소리쳤다.

고양이는 부드러운 발로 살그머니 지나의 의자에서 식탁으로 기어올라 이선과 매티 사이에 놓인 우유 주전자 쪽으로 몰래 몸을 길게 늘였다. 둘이 동시에 몸을 앞으로 숙였고 두 사람의 손이 주전자 손잡이 위에서 만났다. 매티의 손이 아래쪽에 있었고, 이선은 필요 이상으로 오래 그 손을 붙잡고 있었다. 고양이는 평소에 보지 못한 두 사람의 감정 표현을 틈타눈에 띄지 않게 슬쩍 뒷걸음치다가 피클 접시에 부딪혔다. 그바람에 접시가 요란한 소리를 내며 마루로 떨어지고 말았다.

"어머, 아저씨, 이선 아저씨…… 산산조각이 나 버렸어요!

지나 아주머니가 뭐라고 하실까요?"

그러나 이번에는 이선에게도 배짱이 생겼다. "글쎄, 어차피 고양이를 탓해야 할 테지!" 그는 웃으면서 대답하더니 무릎을 꿇고 그녀의 곁에 앉아 여기저기 나뒹구는 피클들을 주워 모았다.

매티는 놀란 눈으로 그를 쳐다보았다. "그래요. 하지만 아저씨도 알다시피 지나 아주머니가 이 그릇은 사용하지 말라고 하셨어요. 심지어 손님이 올 때도 말이죠. 그런데도 사다리를 타고 기어 올라가 이 그릇을 꺼낸 거잖아요. 이 그릇과 함께 아주머니가 제일 아끼는 물건들을 두는 찬장의 꼭대기 선반에서요. 당연히 아주머니는 왜 제가 이런 짓을 했는지 알고 싶어 하실 거예요……."

사태가 아주 심각해서 이선의 숨은 결단력이 필요했다.

"네가 조용히 있기만 하면 아주머니가 이 일을 알 턱이 없지. 내일 이 그릇과 똑같은 것을 사 오마. 도대체 어디서 샀을까? 섀즈폴스라도 가야 한다면 가야지!"

"아, 그곳에서도 못 구할 걸요! 이 그릇은 결혼 선물이었어요……. 기억 안 나세요? 목사와 결혼한 지나 아주머니의 이모님이 멀리 필라델피아에서 보내온 거예요. 아주머니가 이 그릇을 사용하지 않으려는 건 그 때문이에요. 저, 아저씨, 이선 아저씨, 도대체 전 어떻게 하면 좋죠?"

매티가 울기 시작했고, 그는 그녀의 눈물 방울이 녹은 납처럼 자기 몸 위에 떨어지는 듯한 기분이었다. "그쳐, 매티. 그쳐……. 제발 그치라니까!" 그는 매티에게 애원하다시피 했다.

매티가 힘겹게 자리에서 일어났고, 이선도 일어서서 매티를 따라갔다. 매티는 부엌 찬장 위에 깨진 접시 조각들을 펼쳐 놓았다. 그에게는 산산조각이 난 둘만의 밤이 놓여 있는 것만 같았다.

"자, 그거 나한테 줘." 그가 갑자기 단호한 목소리로 말했다.

매티는 본능적으로 그의 말에 따르며 옆으로 비켜섰다. "저, 아저씨, 어떻게 하시려고 그래요?"

아무런 대답 없이 이선은 유리 조각들을 넓적한 손바닥에 모아 들고는 부엌을 나와 복도로 걸어갔다. 그곳에서 초 동강에 불을 붙이고는 도자기 찬장을 열더니 긴 팔을 들어 가장 높은 선반에 올려놓았다. 정교한 솜씨로 감쪽같이 맞춰 두어 아무리 자세히 살펴보아도 밑에서는 접시가 깨진 것을 알 수 없었다. 이튿날 아침에 아교로 붙여 두면 아마 몇 달은 지나서야 아내가 이 일을 알아차리게 될 것이다. 그동안 섀즈폴스나 베츠브리지에 가서 똑같은 접시를 구할 수 있다. 곧 발각될 위험이 없을 거라는 생각에 마음이 흐뭇해진 그가 가벼워진 걸음으로 부엌에 돌아와 보니 매티는 낙심해서 마룻바닥에 남은 마지막 피클 조각을 치우고 있었다.

"맷, 괜찮아. 어서 와서 저녁 식사나 끝내자." 그가 명령하듯이 말했다.

완전히 마음이 놓이자 매티는 아직 눈물이 맺힌 속눈썹 사이로 그에게 밝은 웃음을 내비쳤다. 자신의 말투에 매티가 안심하는 것을 보자 그는 가슴이 자부심으로 벅차올랐다. 매티는 그가 그것을 어떻게 했는지조차 묻지 않았다. 커다란 통나무를 산에서 목재소로 끌어 내릴 때를 빼고 그는 이렇게 짜릿한 승리감을 느껴 본 적이 일찍이 없었다.

5

두 사람은 저녁 식사를 마쳤다. 매티가 식탁을 치우는 동안 이선은 소들을 보살피고 난 뒤 마지막으로 집을 한 바퀴 빙 돌아보았다. 대지는 구름 낀 하늘 아래 거무스름하게 누워 있었고, 대기는 너무 고요해 이따금 멀리 숲 언저리에서 눈 덩어리가 나뭇가지에서 탕 하고 떨어지는 소리가 들렸다.

이선이 부엌으로 돌아왔을 때 매티는 그의 의자를 난로 곁에 갖다 놓고는 바느질감을 갖고 램프 옆에 앉아 있었다. 그날 아침 그가 꿈꾸던 그 장면이었다. 이선은 자리에 앉아 담뱃대를 호주머니에서 꺼내고 불이 이글거리는 난로 쪽으로 다리를 쭉 뻗었다. 추운 날씨에 온종일 밖에서 힘든 일을 하고 난 뒤라 몸이 노곤해지면서 동시에 긴장이 풀리는 느낌이었다. 모든 것이 따뜻하고 조화롭고 시간마저 아무런 변화를 가져오지 못하는 딴 세상에 있는 듯한 착각이 들었다. 더할 나위 없는 행복에 딱 하나 결점이 있다면 자기가 앉아 있는 곳에서 매티가 보이지 않는다는 것이었다. 하지만 그는 너무 나른해서 몸을 움직일 수 없어 조금 뒤 매티에게 "이리 와서 난로 곁에 앉지." 하고 말했다.

지나의 흔들의자가 이선의 앞에 놓여 있었다. 매티는 순순히 일어나서 그 의자에 앉았다. 매티의 싱그러운 갈색 머리가 늘 아내의 여윈 얼굴을 감싸고 있던 누비 쿠션을 배경으로 눈앞에 나타났을 때 이선은 순간 충격을 받았다. 마치 다른 사람의 얼굴이, 그러니까 주인의 얼굴이 침입자의 얼굴을 지워 버리는 것 같았다. 잠시 후 매티도 똑같은 거북한 느낌이 드는 모양이었다. 매티가 자세를 바꿔 몸을 구부리고 바느질감 위로 머리를 숙여서 그는 그녀의 콧잔등과 붉은 머리카락밖에는 보이지 않았다. 그러더니 "어두워서 바느질을 못하겠네요." 하며 슬그머니 일어나 램프 옆 자기 의자로 돌아갔다.

이선은 난로에 나무를 집어넣는 척하며 자리에서 일어섰다. 그리고 다시 자리에 돌아왔을 때 매티의 옆모습과 손에 떨어지는 램프 불빛을 바라볼 수 있도록 의자를 옆으로 밀었다. 고양이가 전에 보지 못하던 그 낯선 움직임에 어리둥절해하다 지나의 의자에 뛰어 올라가 몸을 공처럼 둥그렇게 만들고는 눈을 가느다랗게 뜨고 누워 두 사람을 주시했다.

부엌에 깊은 정적이 내려앉았다. 찬장 위에서 시계가 재깍거렸고, 난로 안에서는 이따금씩 숯처럼 까맣게 탄 장작개비가 떨어졌다. 제라늄의 은은하면서도 강한 향기는 이선의 담배 냄새와 뒤섞여 램프 주위에 푸른 실안개를 자아내고 방 안의 어두운 구석에 잿빛 거미줄을 치기 시작했다.

두 사람이 느끼던 거북스러움은 모두 사라졌고, 그들은 편하고 솔직하게 이야기를 나누기 시작했다. 일상적인 일이며 눈이 얼마나 내릴지, 다음에 교회에서 열릴 사교 행사, 스탁필드에서 일어나는 연애와 싸움에 대해 이야기했다. 평범하고 자연스러운 이야기에 이선은 두 사람이 어떠한 감정의 격발도 없이 오랜 세월을 함께 나눈 친밀한 사이라는 착각에 빠졌다. 그래서 상상의 날개를 활짝 펴며 자신들이 지금까지 늘 이렇게 밤을 지내 왔고 앞으로도 언제나 그럴 것이라고 생각했다…….

"매티, 오늘 밤이 우리가 썰매 타러 가기로 했던 날이지?" 마침내 그가 입을 열었다. 이렇게 말하면서 앞으로 시간은 충분하기 때문에 마음만 먹으면 언제든지 썰매를 타러 갈 수 있다는 달콤한 생각에 잠겼다.

매티가 미소를 지었다. "전 아저씨가 잊은 줄 알았어요!"

"아니, 잊지 않았어. 하지만 밖이 칠흑처럼[34] 캄캄하네. 달이 뜨면 내일 가기로 하자."

그녀는 머리를 뒤로 젖히고 환하게 웃었다. 램프 불빛이 매티의 입술과 치아에 반짝였다. "아저씨, 그러면 정말 좋을 것 같아요!"

이선은 화제가 바뀔 때마다 매티의 얼굴이 마치 여름 미풍

---

34) 원문에는 "이집트처럼 어둡다."라고 되어 있다. "주께서 모세에게 말씀하셨다. '너는 하늘로 팔을 내밀어라. 그러면 손으로 더듬어야 다닐 만큼 짙은 어둠이 이집트 땅을 덮을 것이다."(「출애굽기」 10장 21절)

에 나부끼는 밀밭처럼 바뀌는 데 놀라며 그녀에게서 시선을 떼지 않았다. 자신의 서투른 말솜씨에서 이런 매력을 발견한 것은 참으로 흥분할 만한 일이었다. 그는 그것을 써먹을 새로운 방법을 시도하고 싶었다.

"이렇게 캄캄한 밤에 나와 같이 코베리 도로를 내려간다면 겁이 나겠지?" 그가 물었다.

매티의 두 뺨이 한층 빨갛게 달아올랐다. "아저씨보다 더 겁먹지는 않아요!"

"글쎄, 나라면 겁이 날 것 같은데. 그래서 난 그러지 않을 거야. 그 아래 큰 느릅나무 옆에 위험한 모퉁이가 있거든. 만약 눈을 똑바로 뜨지 않았다가는 정면으로 들이박을걸." 이선은 자기 말이 담고 있는 보호와 권위의 느낌을 만끽했다. 그 감정을 좀 더 유지하고 강조하기 위해 그는 "우린 여기서도 충분히 즐거운 것 같은데." 하고 덧붙였다.

매티는 그가 좋아하는 방식으로 눈꺼풀을 천천히 내리깔았다. "그래요, 여기서도 충분히 좋아요." 매티가 한숨을 지으며 말했다.

그 말투가 하도 달콤해서 이선은 입에 물었던 담뱃대를 빼고 식탁 쪽으로 제 의자를 끌어당겼다. 그는 앞으로 기대어 매티가 감치고 있는 갈색 천조각의 끄트머리를 잡았다. "저기, 맷". 그가 미소를 지으면서 말을 꺼냈다. "조금 전 집에 돌아오는 길에 바넘네 전나무 아래에서 내가 뭘 봤을 것 같아? 네 친구 하나가 키스를 받는 걸 보았지."

이 말이 저녁 내내 혀끝에 맴돌았지만 막상 말하고 보니 이선은 말할 수 없이 천박하고 부적절하다는 생각이 들었다.

매티는 머리끝까지 얼굴이 빨개시더니 바느질감에서 바늘을 두세 번 새빨리 바느질감에서 빼내며 살그머니 그가 쥐고 있는 천의 끝자락을 잡아당겼다. "루스와 네드일 거예요." 마치 그가 갑자기 어떤 중대한 문제를 건드리거나 한 듯 매티는 나지막한 목소리로 말했다.

이선은 이 암시가 가벼운 농담으로 발전하고 어쩌면 다시 가벼운 포옹으로 이어지지 않을까 상상했다. 그저 손을 살짝 만지는 정도라도 좋았다. 그런데 지금 매티의 붉어진 얼굴은 단단히 둘러친 방어막처럼 느껴졌다. 그는 자신이 날 때부터 수줍음이 많아 이렇게 느끼는 것이라고 생각했다. 대부분의 청년들이 예쁜 아가씨와 입맞춤하는 정도는 대수롭지 않게 여긴다는 것쯤은 잘 알고 있었다. 전날 밤 껴안았을 때 매티가 그를 뿌리치지 않았던 것도 기억했다. 하지만 어디까지나 의무와 구속이 없는 탁 트인 밤에 집 밖에서 일어난 일이었다. 지금 예로부터 내려오는 예절과 질서가 자리 잡은 따뜻한 등불이 켜진 방 안에서 매티는 한없이 멀리 떨어져 있어 더더욱 가까이하기 어려운 존재처럼 느껴졌다.

긴장을 풀기 위해 그는 "머지않아 결혼 날짜를 잡을 것 같던데." 하고 말했다.

"맞아요. 두 사람이 올여름에 결혼한다 해도 놀라지 않을 거예요." 매티는 이 '결혼'이란 말을 마치 목소리로 애무라도 하는 듯 발음했다. 이를테면 마법에 걸린 숲속의 빈터로 이어지는 덤불 같다고나 할까. 격통이 이선의 마음을 찔렀고, 그는 의자에 앉은 채 매티에게서 떨어지며 "다음은 네 차례라고 해도 놀라지 않을 거야." 하고 말했다.

매티는 좀 모호하게 웃었다. "아저씨는 왜 계속 그런 얘기를 하세요?"

이선도 따라서 웃었다. "그 생각에 익숙해지려고 그러는 모양이야." 그는 다시 식탁에 다가앉았고, 매티는 속눈썹을 내리깔고 바느질을 계속했다. 한편 그는 앉아서 매티의 손이 바느질감의 아래위로 왔다 갔다 하는 모습을 둥지를 짓는 새 한 쌍이 짧게 수직으로 날아오르는 모습을 본 것처럼 홀린 듯 물끄러미 쳐다보았다. 마침내 매티는 고개를 돌리거나 눈꺼풀을 들지 않고 나지막한 목소리로 말했다. "설마 지나 아주머니가 저를 안 좋게 생각하는 건 아니겠죠?"

이 말을 듣자 아까의 두려움이 다시 중무장을 한 채 고개를 들었다. "왜, 무슨 뜻으로 하는 말이지?" 그는 말을 더듬었다.

매티는 바느질감을 두 사람 사이의 식탁 위에 내려놓고 슬픔에 잠긴 눈을 들어 그의 눈을 쳐다보았다. "잘 모르겠어요. 어젯밤에 아주머니가 그런 것 같다고 생각했거든요."

"뭐가 그런 것 같았다는 거야." 이선이 큰 소리로 물었다.

"지나 아주머니가 무슨 생각을 하는지 누가 알겠어요." 처음으로 두 사람은 매티에 대한 지나의 태도를 드러내 놓고 말했다. 이름을 되풀이해 말하다 보니 그 이름이 방의 저 끝까지 갔다가 길게 메아리쳐 돌아오는 것 같았다. 메아리가 끝나기를 기다리기라도 한 듯 매티는 "아주머니가 아저씨한테 아무 말도 안 했어요?" 하고 물었다.

그는 머리를 내저었다. "아니, 한마디도 없었는데."

매티는 웃으면서 앞이마에 드리운 머리카락을 뒤로 넘겼다. "그럼 제가 신경이 너무 예민한가 봐요. 그 일에 대해선 더 이상 생각하지 않을래요."

"오, 그래…… 맷, 우리 그 일에 대해선 생각하지 말자!"

이선의 말투가 갑자기 열을 띠자 매티는 다시 얼굴을 붉혔다. 다만 한 가지 생각이 가슴에 천천히 스며드는 것처럼 조금씩 미묘하게……. 매티는 바느질감을 손에 꼭 쥐고 잠자코 앉아 있었다. 이선은 따뜻한 해류가 그들 사이에 놓인 천 조각을 따라 자기 쪽으로 흘러오는 느낌이었다. 그는 손끝이 천의 끝자락에 닿을 때까지 조심스럽게 손바닥으로 식탁을 따라 미끄러지듯 손을 뻗었다. 가늘게 떨리는 속눈썹이 그녀가 그의 몸짓을 알아차렸고, 그것이 그녀에게 역류를 흘려보냈다는 사실을 보여 주는 듯했다. 매티는 천 조각의 다른 쪽 끝자락에 가만히 손을 얹고 있었다.

두 사람이 이렇게 앉아 있을 때 뒤에서 무슨 소리가 들려 이선은 고개를 돌렸다. 고양이가 징두리 벽판에 있는 쥐를 쫓느라고 지나의 의자에서 껑충 뛰어내렸다. 갑자기 움직이는 바람에 빈 의자가 유령처럼 흔들리기 시작했다.

'내일 이 시간쯤이면 아내가 저 의자에 앉아 흔들흔들하고 있겠지.' 이선은 생각했다. '나는 지금껏 꿈속을 헤매고 있었던 거야. 오늘이 우리가 단둘이 앉아서 보내는 마지막 밤이구나.' 이렇게 꿈속에서 현실로 돌아오는 것은 마치 마취제를 투여받은 뒤 다시 의식을 되찾을 때처럼 고통스러웠다. 그의 몸과 머리는 이루 말할 수 없는 피로감에 사로잡혔다. 그는 미칠 듯이 달아나 버리는 순간순간을 붙잡아 둘 어떠한 말도, 어떠한 행동도 생각해 낼 수 없었다.

그의 감정 변화가 매티에게 전해진 듯했다. 매티는 졸음에 겨워 눈꺼풀을 들어 올리기가 무척 힘에 부치는 것처럼 나른한 표정으로 그를 올려다보았다. 그 시선은 이제 일감의 한쪽 끝을 완전히 가리고 그게 그녀의 일부인 양 꼭 붙잡은 이선의 손 위에 멈춰 있었다. 희미한 경련이 매티의 얼굴을 스치고 지나가자 이선은 자신도 모르게 고개를 숙이고 손에 쥔 천 조각에 입을 맞추었다. 입술을 아직 대고 있는데 옷감이 그 아래에서 스르르 미끄러지는 것이 느껴졌다. 매티가 자리에서 일어나 일감을 소리 없이 감아 들이는 것이 보였다. 매티는 일감을 핀으로 고정해 두고는 골무와 가위를 찾아서 천 두루마리와 함께 그가 언젠가 베츠브리지에서 가져다준 색종이를 바른 상자에 집어넣었다.

이선도 자리에서 일어나 물끄러미 부엌을 둘러보았다. 찬장 위에 있는 시계가 11시를 쳤다.

"난롯불은 괜찮아요?" 매티가 나지막한 소리로 물었다.

이선은 난로 뚜껑을 열고 타다 남은 불을 되는대로 뒤적였다. 몸을 다시 일으켰을 때 매티가 고양이 잠자리로 쓰는 양탄자를 댄 낡은 비누 상자를 난롯가로 끌고 왔다. 그러고 나서 마루를 다시 가로질러 가 제라늄 화분 두 개를 팔에 안고 차디찬 유리 창문에서 옮겨 놓았다. 그는 매티를 따라 나머지 제라늄과 금이 간 커스터드 그릇에 담긴 히아신스 구근과 오래된 아치형의 작은 문 위로 뻗어 올라간 덩굴 국화를 가져왔다.

이렇게 밤마다 하는 일을 모두 끝내자 복도에서 주석 촛대를 들여오는 일과 양초에 불을 붙이고 램프를 끄는 일 말고는 할 게 없었다. 이선은 촛대를 매티의 손에 넘겨주었고, 그녀가 먼저 부엌을 나섰다. 앞에 들고 나가는 불빛을 받아 매티의 짙은 머리카락이 달을 덮은 안개 보라처럼 보였다.

매티가 층계의 첫 번째 계단에 발을 디뎠을 때 그가 말했다. "맷, 잘 자."

매티는 돌아서서 잠시 그를 바라보았다. "아저씨도 안녕히 주무세요." 그렇게 대답하고 매티는 올라가 버렸다.

그녀의 방문이 닫히자 그는 그녀의 손을 건드려 보지도 않았다는 사실을 떠올렸다.

6

이튿날 아침 식사 때 조섬 파월이 두 사람 사이에 끼었다. 이선은 의자에 앉아 뒤로 몸을 젖히고 고양이에게 남은 음식을 던져 주는가 하면 날씨에 대해 불평을 늘어놓기도 하고 매티가 접시를 치우러 일어섰을 때 도와주려고조차 하지 않는 등 일부러 무관심한 척하며 즐거움을 감추려고 애썼다.

이선은 자기 삶이나 매티의 삶에서 달라진 것이 없는데 왜 이렇게 행복한지 그 이유를 몰랐다. 그녀의 손가락 끝을 만지지도, 그녀의 눈을 가득히 바라보지도 않았다. 하지만 두 사람이 같이한 밤이 그녀 곁에 있게 되면 인생이 어떠하리라는 환상을 보여 주었고, 자신이 그런 달콤한 광경에 찬물을 끼얹는 일은 아무것도 하지 않았다는 사실에 가슴이 뿌듯했다. 그가 무엇 때문에 행동을 삼갔는지 매티는 알 거라고 믿었다…….

마을로 옮겨야 할 마지막 목재들이 남아 있었다. 조섬 파월은 — 겨울철에는 이선을 위해 정기적으로 일하지 않지만 — 이 일을 도와주려고 잠시 '들렀다'. 그런데 전날 밤에 내리던 함박눈이 진눈깨비로 바뀌면서 길들이 온통 유리처럼 반들반들해졌다. 공기 중에 평소보다 습기가 많아 두 남자 모두 오후에 날씨가 좀 '풀리면' 작업하기가 더 안전할 듯했다. 그래서 이선은 일꾼에게 전날 아침처럼 우선 숲에서 썰매에 짐을 실어 두고 '말을 부려' 스탁필드까지 가는 일은 늦은 오후로 미루자고 제안했다. 이 계획은 점심을 먹고 나서 조섬을 플래츠에 보내 제노비아를 데려오도록 하고, 그동안 자신은 마을로 목재를 내려갈 수 있는 이점이 있었다.

이선은 조섬더러 밖에 나가서 회색 말들에 마구를 씌우라고 이른 뒤에 잠시 매티와 둘이서 부엌을 정리했다. 매티는 아침 먹은 접시들을 주석 설거지통에 풍덩 담가 놓고는 팔꿈치까지 옷을 걷어 가냘픈 팔을 드러낸 채 몸을 숙이고 있었다. 뜨거운 물에서 올라오는 수증기가 앞이마에 구슬처럼 맺혔고, 헝클어진 머리카락은 위령선 덩굴같이 조그마한 갈색 고리로 팽팽하게 말렸다.

이선은 목까지 가슴이 차올라 매티를 바라보며 서 있었다. '다시는 이렇게 단둘이 있을 수 없겠구나.'라고 말하고 싶었다. 그 대신 손을 내밀어 찬장 선반에서 담배 쌈지를 집어 주머니에 쑤셔 넣고는 이렇게 말했다. "점심 먹으러 집에 올 수 있을 거야."

"알겠어요, 아저씨." 매티가 대답했다. 그는 밖으로 나서면서 매티가 접시를 닦으며 부르는 노랫소리를 들었다.

썰매에 짐을 싣자마자 그는 조섬을 농장으로 돌려보내고 자신은 걸음을 서둘러 마을에 가서 피클 접시를 붙일 아교를 살 작정이었다. 보통 운만 따라 줬어도 이 계획을 실행에 옮길 수 있었을 것이다. 하지만 모든 일이 처음부터 빗나갔다. 숲으로 가는 도중 회색 말 한 필이 빙판길에 미끄러져 무릎을 다쳤다. 말을 끌어 일으켰을 때는 조섬이 상처를 싸맬 천 조각을 가지러 마구간으로 돌아가야만 했다. 그러고 나서 마지막 짐을 싣기 시작하자 또다시 진눈깨비가 내리기 시작했다. 나무둥치가 너무 미끄러워 그것을 들어 올려 썰매에 제대로 싣는데 평소보다 곱절이나 시간이 걸렸다. 조섬의 말마따나 일하기에는 적당하지 않은 아침이었다. 젖은 담요를 덮어쓴 채 추위에 떨며 발을 구르는 말들도 사람만큼이나 이런 날씨를 좋아하지 않는 듯했다. 점심때가 훨씬 넘어서야 비로소 일을 끝냈다. 이선은 부상당한 말을 집에 데려가 직접 상처를 씻기고 싶었기 때문에 마을로 가는 일은 단념할 수밖에 없었다.

이선은 점심을 먹자마자 목재를 가지고 출발하면 조섬과 늙은 밤색 말이 플래츠에서 제노비아를 데려오기 전까지 아교를 사서 농장으로 돌아올 수 있을 거라고 생각했다. 다만 그럴 가능성이 거의 희박하다는 사실을 잘 알았다. 그것은 도로 사정과 베츠브리지 열차의 연착 여부에 달려 있었다. 그는 뒷날 이런 가능성에 너무 큰 무게를 실었다는 사실을 떠올리며 어두운 섬광 같은 자괴감을 느꼈다…….

저녁을 먹자마자 그는 조섬이 떠날 때까지 머뭇거리지 않고 다시 숲으로 향했다. 일꾼은 여전히 난로에서 젖은 신발을 말리고 있었다. 이선은 매티에게 슬쩍 시선을 던지고 목소리를 낮춰 말했다. "나 빨리 돌아올게."

매티가 알아들었다는 뜻으로 고개를 끄덕거렸다고 생각했다. 그것을 한 가닥 위안으로 삼고 그는 비를 맞으며 터벅터벅 걸어가야만 했다.

이선이 짐을 끌고 마을에 절반쯤 다다랐을 때 조섭 파월이 그를 따라잡으며 플래츠를 향해 내키지 않아 하는 말을 재촉했다. '그 일을 하려면 서둘러야겠는걸.' 이선은 썰매가 앞에서 스쿨힐의 비탈길을 내려가는 것을 보며 생각했다. 그리고 짐을 부릴 때 열 사람 몫을 혼자서 해치웠다. 일이 끝나자 아교를 사러 서둘러 마이클 이디의 가게로 갔다. 이디와 점원 둘 다 '아랫마을'에 가고 좀처럼 가게를 지키는 법이 없는 데니스 이디가 스탁필드의 팔자 좋은 청년들과 함께 난롯가에서 빈둥거리고 있었다. 그들은 빈정대는 말투와 유쾌한 인사로 이선을 환호하며 맞이했다. 그런데 아무도 아교가 어디 있는지 몰랐다. 마지막 순간을 매티와 단둘이 보내고 싶은 바람이 간절했던 이선은 데니스가 건성으로 가게의 으슥한 구석들을 뒤지는 동안 안절부절못하며 서성거렸다.

"아무래도 다 팔린 것 같은데요. 그렇지만 우리 꼰대가 올 때까지 기다리면 혹시 찾을지도 몰라요."

"고맙지만 혹시 호먼 부인 가게에 있나 내려가 봐야겠어." 이선은 떠나려고 서두르며 대답했다.

본능적으로 잇속에 밝은 데니스는 자기네 가게에 없는 것이 호먼 과부댁 가게에 있을 리가 없다고 장담했다. 하지만 이선은 이런 자랑에는 귀 기울이지 않고 이미 썰매에 올라 경쟁 관계에 있는 가게로 말을 몰았다. 여기서는 무던히 찾아보다가 딱해하면서 어디에 쓸지, 만약 찾지 못하면 보통 밀가루 풀은 안 되는지 물어본 뒤에야 마침내 호먼 부인이 딱 하나 남은 아교풀 한 병을 목캔디와 코르셋 끈들이 뒤섞여 있는 곳에서 간신히 찾아냈다.

"지나가 소중히 여기는 물건을 깨뜨린 게 아니면 좋을 텐데." 부인은 이선이 회색 말을 집으로 돌리는 뒷모습을 바라보면서 말했다.

변덕스레 내리던 진눈깨비가 줄기차게 내리는 비로 바뀌어 말들은 짐을 끌지 않더라도 이만저만한 고역이 아니었다. 한두 번 썰매 방울 소리가 들릴 때마다 이선은 지나와 조섬이 자기를 앞지르나 싶어 고개를 돌렸지만 그 늙은 말은 보이지 않았다. 그는 얼굴에 비를 맞으며 느릿느릿 걷는 말들을 재촉했다.

말들을 들여놓을 때 마구간은 텅 비어 있었다. 이선은 지금 껏 해 온 중에 가장 건성으로 말들을 보살펴 준 뒤 집으로 성큼성큼 걸어 올라가 부엌문을 열었다.

매티는 그가 마음속에 그리던 대로 혼자였다. 난로 위에 놓인 냄비를 살피느라고 몸을 구부리고 있었다. 하지만 그의 발소리를 듣고 깜짝 놀라서 몸을 돌려 그에게로 뛰어왔다.

"자, 이봐, 맷, 접시를 붙일 아교를 사 왔어! 얼른 그걸 갖고 와." 그는 한 손으로 매티를 옆으로 조금 밀어내고 다른 한 손에 든 아교 병을 흔들어 보였다. 그러나 매티는 그의 말을 듣고 있는 것 같지 않았다.

"아, 이선 아저씨…… 지나 아주머니가 오셨어요." 매티가 그의 소매를 붙잡으며 속삭였다.

두 사람은 죄인처럼 얼굴이 해쓱해져 서로 멍하니 쳐다보며 서 있었다.

"하지만 그 밤색 말이 마구간에 없던데." 이선이 더듬거리며 말했다.

"조섬 파월이 플래츠에서 자기 아내에게 줄 물건을 사서는 그걸 갖고 곧장 집으로 말을 몰고 갔어요." 매티가 설명했다.

이선은 비가 내리는 겨울 황혼에 춥고 지저분해 보이는 부엌을 멍하니 바라보았다.

"지나는 어때?" 그가 매티의 속삭임에 목소리를 낮추며 물었다.

매티는 안절부절못하며 그에게서 시선을 돌렸다. "모르겠어요. 곧장 방으로 올라가셨어요."

"아무 말도 하지 않고 말이야?"

"네."

이선은 낮게 휘파람을 불어 의구심을 떨어 버리고 병을 호주머니에 찔러 넣었다. "걱정할 필요 없어. 밤에 내려와서 고쳐 놓을 테니까." 그가 말했다. 그는 비에 젖은 외투를 다시 입고 말들에게 여물을 주러 마구간으로 갔다.

마구간에 있는 동안 조섬 파월이 썰매를 몰고 왔다. "올라가서 무얼 좀 먹고 가지." 말들을 다 보살핀 뒤 이선이 말했다. 저녁 식탁에 조섬이 있으면 분위기가 누그러지리라고 생각했다. 지나는 여행을 다녀온 뒤면 늘 '예민'했다. 그런데 이 일꾼이 품삯에서 제하지 않는 한 식사를 마다한 적이 거의 없었건만 오늘은 뻣뻣한 턱을 벌려 천천히 대답했다. "고맙지만 그만 가 봐야 하겠는데요."

이선은 놀라서 쳐다보았다. "좀 올라가 옷이나 말리지. 저녁 식사로 뭔가 따뜻한 음식이 있는 모양이던데."

이렇게 호소해도 조섬의 얼굴 근육은 움직이지 않았다. 어휘가 부족해 "그냥 가 봐야 할 것 같은데요." 하고 되풀이할 뿐이었다.

조섬이 공짜 음식과 온정을 무참히 거절하는 게 이선한테는 불길한 징조처럼 여겨졌다. 썰매를 모는 동안 무슨 일이 일어나 조섬이 이처럼 완강한 태도를 취하는 것일까 하는 의심이 들었다. 어쩌면 지나가 새로 온 의사를 만나지 못했거나 그 의사의 진단이 마음에 들지 않았는지 모른다. 이선은 이런 경우에 아내가 맨 처음 만난 사람에게 화풀이하기 일쑤라는 사실을 잘 알았다.

이선이 부엌에 다시 들어섰을 때 램프가 전날 밤과 마찬가지로 그 빛나는 위로의 장소인 부엌을 아름답게 비추고 있었다. 식탁은 정성껏 차려졌고, 난로에 불길이 이글거렸으며, 고양이는 따뜻한 온기에 졸고, 매티가 도넛 접시를 들고 나왔다.

매티와 이선은 조용히 서로의 얼굴을 쳐다보았다. 그때 매티가 전날 밤에 그랬던 것처럼 "이제 저녁을 먹을 시간인 것 같아요." 하고 입을 열었다.

7

이선은 젖은 옷을 걸려고 복도로 나갔다. 지나의 발소리에 귀를 기울였지만 아무 소리도 들리지 않자 계단 위를 향해 이름을 불렀다. 지나는 대답하지 않았다. 잠시 머뭇거리다 올라가 방문을 열었다. 방은 거의 캄캄했지만 어둠 속에서도 그녀가 창문 옆에 꼿꼿이 앉아 있는 모습이 보였다. 유리창에 비친 뻣뻣한 윤곽으로 보아 아직 나들이옷을 벗지 않은 것을 알 수 있었다.

"지나." 그는 문지방에서 조심스럽게 말했다.

그녀는 꼼짝하지 않았다. 그래서 그는 이어 말했다. "저녁이 다 준비되었는데. 내려오지 않겠어?"

"한 숟가락도 뜰 수 없을 것 같아." 그녀가 대답했다.

그것은 입에 붙은 상투적인 말에 지나지 않았다. 그는 지나가 말은 그렇게 하지만 평상시처럼 자리에서 일어나 저녁을 먹으러 내려올 거라고 생각했다. 그런데 그녀는 여전히 앉아 있었고, 그는 "오랜 시간 마차를 타고 오느라 피곤한가 보네." 하는 수밖에 달리 뾰족한 말을 생각해 낼 수가 없었다.

이 말에 지나는 고개를 돌리면서 엄숙하게 대답했다. "내 병은 당신이 생각하는 것보다 훨씬 심각해."

그 말이 색다른 경이로운 충격을 동반하며 그의 귓전을 때렸다. 전에도 아내는 가끔 이런 말을 했다. ─ 마침내 이 말이 사실이라면?

그는 어두컴컴한 방으로 몇 발자국 걸어 들어갔다. "지나, 그렇게 심각하지 않으면 좋겠는데." 그가 말했다.

지나는 어스름한 빛을 받으며 권위를 잃은 사람 같은 표정으로 그를 계속 쳐다보았다. 어떤 거대한 운명과 싸우도록 선택된 사람처럼. "병발증이 있어." 그녀가 말했다.

이선은 이 말에 각별한 의미가 있다는 것을 잘 알았다. 인근 마을에 사는 사람들은 거의 누구나 구체적으로 이름 붙일 수 있는 '잔병'을 하나씩은 다 가지고 있었다. 하지만 몇몇 사람들만이 '병발증'에 걸렸다. 그래서 이 병발증이 있다는 것만으로도 유명 인사가 되었고, 물론 그것은 동시에 대개의 경우 사형 선고나 다름없다고 여겨졌다. 사람들은 몇 해씩 '잔병'과 싸웠지만 거의 언제나 '병발증'에 두 손을 들었다.

이선의 가슴은 극단적인 두 감정 사이에서 왔다 갔다 했다. 다만 지금은 연민이 우세했다. 어둠 속에 앉아 있는 아내가 너무 힘들고 외로워 보였다.

"새 의사가 그런 말을 해?" 그는 자신도 모르게 목소리를 낮추면서 물었다.

"맞아. 보통 의사 같으면 수술을 해야 한다고 할 거래."

이선은 외과 수술 같은 중요한 문제에 대해 인근 부인들 사이에서 의견이 두 갈래로 나뉘어 있다는 것을 잘 알았다. 수술이 가져다주는 놀라운 치유 효과를 찬양하는 사람이 있는 반면, 점잖지 못하다며 회피하는 사람도 있었다. 경제적 이유 때문에 이선은 지나가 후자 쪽인 것을 늘 반갑게 생각해 왔다.

그녀의 말이 심각하여 마음에 동요를 느끼면서도 그는 짧게 위로할 말을 찾았다. "어쨌든 이 의사에 대해 당신이 별로 아는 건 없지 않아? 지금까지 아무도 그런 이야기를 한 사람이 없었는데 말이야."

지나가 이 말을 문제 삼기에 앞서 이선은 자신의 실수를 깨달았다. 그녀가 원하는 것은 위로가 아니라 연민이었다.

"내가 하루가 다르게 기운을 잃어 간다는 걸 누가 나한테 말해 줄 필요는 없어. 당신 빼놓고 모두들 알고 있으니까. 그리고 베츠브리지에서 버크 의사를 모르는 사람은 한 명도 없어. 그는 우스터에 병원을 차렸고, 두 주에 한 번씩 섀즈폴스와 베츠브리지로 진찰을 와. 엘리저 스피어스는 이 의사한테 치료를 받기 전까지 늘 신장병으로 고생을 하더니 지금은 일어나 돌아다니고 성가대에서 노래까지 부른대."

"아, 그건 참 기쁜 소식이네. 그럼 당신도 그 의사가 시키는 대로만 해." 이선은 동정한다는 듯 대답했다.

지나는 여전히 그를 바라보았다. "그럴 생각이야." 그녀가 대답했다. 그 목소리에 새로운 어조가 깃들어 그는 놀랐다. 투덜대지도 비난하지도 않는 결연하고 냉담한 어조였다.

"그래 당신더러 어떻게 해야 한다던가?" 그는 산더미같이 쌓일 새로운 진료비 청구서를 떠올리며 물었다.

"나더러 여자애를 하나 고용해야 한다고 했어. 집에서 손끝에 물 한 방울 묻혀서도 안 된다고."

"여자애를 고용하라고?" 이선은 놀라서 얼어붙은 듯이 서 있었다.

"그래. 그래서 마사 이모가 벌써 한 사람 구해 주셨어. 여기까지 와서 여자애를 구하다니 모두 여간 운이 좋지 않다고 하네. 놓치지 않으려고 덤으로 1달러를 더 주기로 약속했어. 그 앤 내일 오후에 올 거야."

분노와 당혹감이 이선의 마음속에서 서로 다투었다. 당장 돈이 들 것이라고 예상했지만 이렇게 얼마 안 되는 수입에서 항구적인 비용 부담은 미처 생각하지 못했다. 이선은 자기 상태가 심각할지 모른다는 지나의 말을 더 이상 믿지 않았다. 베츠브리지 방문이 오직 피어스 친척들과 짜고 그에게 하인을 고용하는 부담을 슬쩍 떠안길 계책을 세우려는 속셈이었다는 것을 깨달았다. 그래서 지금은 분노가 그를 지배했다.

"당신이 여자애를 데려올 생각이었다면 집을 나서기 전에 나한테 말했어야지?" 그가 말했다.

"떠나기 전에 어떻게 말할 수 있었겠어? 버크 선생님이 뭐라고 말할지 내가 어떻게 알고?"

"아, 버크 선생……." 이선은 도저히 믿어지지 않는다는 듯 짧게 웃으며 말했다. "그래 버크 선생이 어떻게 내가 여자애

품삯을 줘야 할지도 일러 주던가?"

지나의 목소리가 이선의 목소리와 함께 미친 듯이 높아졌다. "아니, 선생님이 그런 말은 하지 않았어. 당신 어머니 병시중 드느라고 건강을 잃었는데 당신이 내 건강을 되찾는 데 드는 돈을 아까워한다고는 부끄러워서 차마 입을 떼지 못하겠데!"

"어머니 병시중 드느라 당신이 건강을 잃었다고?"

"그래. 그리고 우리 친척들이 하는 말이, 그때 당신이 나하고 결혼하는 도리밖에는 뾰족한 수가 없었다고……."

"지나!"

상대방의 얼굴을 볼 수 없는 어둠을 사이에 두고 두 사람의 생각이 마치 독을 내뿜는 독사처럼 서로를 향해 달려드는 것 같았다. 이선은 이런 장면의 참혹함과 자신이 여기에 가담하고 있다는 사실에 수치심이 엄습했다. 어둠 속에서 두 원수가 달라붙어 몸싸움을 벌이는 것처럼 무의미하고 야만적인 일이었다.

이선은 벽난로 위쪽에 있는 선반을 향해 돌아서서 성냥을 더듬어 찾아 방에 촛불을 하나 켜 놓았다. 처음에는 그 약한 불꽃이 어둠 위로 그다지 효력을 발휘하지 못했다. 그러다 지나의 얼굴이 커튼을 치지 않은 유리창을 배경으로 암울하게 모습을 드러냈다. 창밖은 잿빛에서 검은색으로 바뀌었다.

불행한 칠 년을 함께 지내 오는 동안 두 사람 사이에 처음으로 드러내 놓고 화를 터뜨린 상황이었다. 이선은 상대방을 비난하는 수준까지 다다르면서 다시는 돌이킬 수 없는 유리한 지점을 잃은 것 같은 기분이었다. 하지만 현실적인 문제가 걸려 있었고, 그는 이 문제를 처리해야 했다.

"지나, 당신은 내가 계집애의 품삯을 지불할 돈이 없다는 걸 잘 알잖아. 그 애를 돌려보내야 할 거야. 난 감당하지 못해."

"의사 선생님 말이, 내가 지금껏 해 온 대로 노예처럼 계속 일을 하면 죽고 말 거래. 지금까지 어떻게 버텼는지 정말 모르겠다고 하던데."

"노예처럼 일한다고……!" 하려다가 이선은 다시 고쳐 말했다. "만약 의사가 손가락 하나 까딱하지 말라면 당신은 그렇게 할 사람이로군. 집안일을 내가 다 하지……."

지나가 말을 가로챘다. "그렇지 않아도 당신은 농장 일을 꽤나 소홀히 하고 있는데." 틀린 말이 아니라 그는 대답할 말을 찾지 못했다. 지나는 빈정대듯이 덧붙였다. "나를 양로원에 보내고 이 일을 끝내는 게 좋겠지……. 예전에도 당신 가족 중에 그곳에서 지낸 사람이 있을 텐데."

이 냉소가 그를 불로 달구는 듯했지만 이선은 그냥 흘려 버렸다. "난 그럴 돈이 없어. 그거면 결론은 난 거 아니야?"

마치 두 전사가 무기를 점검하듯 싸움은 잠시 소강상태를 맞았다. 잠시 후 지나가 감정이 실리지 않은 차분한 목소리로 말했다. "당신이 앤드루 헤일한테서 목재 대금으로 50달러를 받을 거라고 생각했는데."

'앤드루 헤일은 석 달 이내에는 절대 대금을 지불하지 않아.' 이 말을 막 하려는데 그는 전날 아내를 역에 데려다줄 수 없다며 둘러댔던 구실이 생각났다. 찡그린 이마가 갑자기 붉어졌다.

"아니, 그 사람하고 현금 거래를 하게 됐다고 어제 내게 말했잖아. 그것 때문에 나를 플래츠까지 바래다줄 수 없다면서."

이선은 거짓말하는 데는 별로 수완이 없었다. 지금껏 한 번도 거짓말을 해 보지 않았다. 아무리 궁리를 해 봐도 피할 도리가 없었다. "오해였나 봐." 하고 그는 말을 더듬었다.

"돈을 받지 못했단 말이야?"

"그래."

"그럼 앞으로도 받지 못하는 거야?"

"그래."

"글쎄, 내가 그 여자애를 구할 때 그런 사정을 어떻게 알았겠어, 안 그래?"

"그래." 그는 목소리를 가다듬느라 잠시 말을 멈췄다. "하지만 지금은 그 사정을 알잖아. 미안하지만 어쩔 수가 없어. 지나, 당신은 가난한 농사꾼의 아내라고. 그렇지만 당신을 위해 할 수 있는 데까지 최선을 다하지."

지나는 곰곰이 생각하는 듯 의자 팔걸이 위에 팔을 얹고 허공을 응시하면서 한동안 꼼짝 않고 앉아 있었다. "아! 어떻게 되겠지." 지나가 부드럽게 말했다.

지나의 말투가 달라지자 이선은 마음이 놓였다. "물론 어떻게 되겠지! 내가 당신을 위해 할 수 있는 일은 꽤 많으니까. 그리고 또 매티가……."

남편이 말하는 동안 지나는 머릿속으로 뭔가 고심하며 셈을 헤아리는 것처럼 보였다. 그러고 나서는 말했다. "어쨌든 매티의 밥값을 그만큼 덜게 될 테니까……."

이야기가 모두 마무리되었다고 생각하며 이선은 저녁을 먹으러 내려가기 위해 돌아선 참이었다. 지금 들은 말을 이해하지 못해 갑자기 발걸음을 멈췄다. "매티의 밥값을 그만큼 덜게된다니……?" 그가 물었다.

지나가 웃었다. 이상야릇하고 생소한 웃음소리였다. 그는 전에 아내가 웃는 소리를 들어 본 기억이 없었다. "설마 여자애를 둘씩이나 둘 거라고 생각한 건 아니지? 비용 때문에 당신이 겁을 집어먹은 것도 무리는 아니네!"

이선은 여전히 아내의 말뜻을 알아차리지 못해 혼란스러웠다. 이 문제를 상의하기 시작할 때부터 그는 본능적으로 매티의 이름을 입 밖에 내는 것을 피했다. 무어라 꼬집어 말하기는 힘들어도 매티에게 대한 트집이나 불평이나 곧 다가올 결혼 가능성을 막연하게나마 언급하는 것이 두려웠기 때문이다. 하지만 헤어진다는 생각은 해 본 적이 없었고, 지금도 그런 생각은 들지 않았다.

"난 당신이 무슨 말을 하는지 모르겠네." 이선이 말했다. "매티 실버는 고용된 하녀가 아니잖아. 당신 친척이란 말이지."

"그 앤 그 애 아버지가 별별 짓을 다 해서 우리를 망쳐 놓은 뒤 우리에게 신세 지며 산 거지나 다름없어. 지난 일 년 동안 내가 거둬 길렀으니 이젠 다른 누군가가 돌볼 차례야."

지나가 날카로운 말을 내뱉었을 때 이선의 귀에 문 두드리는 소리가 들렸다. 방에 들어오면서 문을 닫아 놓았던 것이다.

"이선 아저씨…… 지나 아주머니!" 계단참에서 매티의 명랑

한 목소리가 들려왔다. "지금 몇 시인 줄 아세요? 저녁 식사를 차려놓은 지 벌써 삼십 분이나 지났어요."

방 안에 한순간 침묵이 감돌았다. 잠시 후 지나가 앉은 자리에서 소리쳤다. "난 저녁 먹으러 내려가지 않아."

"아, 죄송해요! 몸이 불편하세요? 드실 것 좀 가져갈까요?"

이선은 간신히 몸을 일으켜 방문을 열었다. "맷, 내려가거라. 지나 아주머니는 좀 피곤해서 그래. 내가 내려가지."

매티가 "알겠어요!" 대답하고 빠른 걸음으로 내려가는 소리가 들렸다. 이선은 문을 닫고 다시 방으로 되돌아왔다. 아내의 태도는 전혀 달라지지 않았고 얼굴도 도무지 풀리지 않았다. 그는 절망적인 무력감에 사로잡혔다.

"지나, 그렇게 하지는 않을 거지?"

"뭘 말이야?" 그녀가 뿌루퉁한 입술 사이로 쏘아붙였다.

"매티를…… 이런 식으로 보내는 일 말이야."

"난 평생 맡기로 약속한 적 없어!"

이선은 점점 화가 치밀어 목소리가 격해졌다. "그 애를 우리 집에서 도둑 쫓듯 내보낼 순 없어…… 친구도 돈도 없는 불쌍한 애를 말이지. 그 앤 당신을 위해 할 만큼 했고, 또 갈 곳도 없지 않나! 당신은 아마 그 애가 당신 친척이라는 걸 잊은 모양이지만 다른 사람들은 다 기억할 거야. 만약 일을 그렇게 처리한다면 사람들이 당신에 대해 뭐라고 하겠어?"

지나는 남편에게 그의 흥분과 자신의 평정이 어떻게 서로 대비되는지 충분히 느낄 시간을 주려는 듯 잠시 기다렸다. 그러고 나서 조금 전과 같은 부드러운 목소리로 대답했다. "내가 데리고 있는 한 그 애를 우리 집에 붙잡아 두는 것에 대해 사람들이 뭐라고 수군거릴지는 너무 잘 알고 있지."

이선은 매티를 두고 문을 닫은 뒤로 꼭 쥐고 있던 문고리에서 손을 떼었다. 아내의 대답이 마치 힘줄을 끊는 단도 같았다. 갑자기 힘이 쭉 빠지고 온몸이 축 처졌다. 비굴하게 느껴졌지만 그는 매티를 거두는 데 그렇게 많은 비용이 들지는 않았다고, 난로를 사고 새로 고용한 여자애에게 다락에 방을 하나 꾸며 주면 된다고 말할 참이었다. 그런데 지나의 말을 듣건대 그렇게 사정을 해 본들 전혀 통할 것 같지 않았다.

"당신은 그 애한테 집을 떠나야 한다고 말할 작정이군…… 당장 말이야." 그는 아내가 말을 끝맺는 게 두려워서 더듬거리며 말했다.

남편에게 도리를 일러 주려는 듯 지나는 냉정하게 말했다. "그 여자애가 내일 베츠브리지에서 올 거야. 그 애는 어딘가에 잠자리가 있어야겠지."

이선은 증오에 차서 아내를 바라보았다. 더 이상 그녀는 의기소침해 제 일에만 몰두하며 남편 곁에서 살아온 힘없는 인간이 아니라 알 수 없는 이질적인 존재, 여러 해 동안 말없는 사색에서 창조된 악의 세력이었다. 반감을 더욱 돋운 것은 바로 그의 절망감이었다. 여태껏 지나에게는 사람의 마음에 들 만한 구석이 아무것도 없었다. 하지만 그가 무시하고 명령할 수 있는 한 적어도 무심한 상태로 남아 있었다. 지금은 그녀가 남편을 지배했고, 그래서 그는 그녀가 미웠다. 매티는 아내의 친척이지 그의 친척은 아니다. 아내에게 매티를 이 집에 두도록 강요할 방법이 없었다. 좌절된 과거에서 비롯한 오랜 고통, 젊은 시절의 실패와 쓰라림과 헛된 노력이 하나같이 그의 영혼 속에서 비통하게 고개를 쳐들고 가는 길마다 앞을 가로막던 여인의 모습으로 그 앞에 모습을 드러내는 것 같았다. 그녀는 그에게서 모든 것을 빼앗아 갔다. 그리고 지금 모든 손실을 보상해 주는 그 하나마저 빼앗으려 들지 않는가. 한순간 마음속에 증오의 불길이 일어나 팔을 타고 흘러내려 그녀를 향해 주먹을 쥐게 만들었다. 그는 난폭하게 앞으로 발을 내딛다가 걸음을 멈췄다.

"당신은…… 당신은 그러니까 내려오지 않겠다고?" 이선이 당황한 목소리로 물었다.

"그래. 난 좀 침대에 누워야겠어." 지나가 온순하게 대답했다. 그는 돌아서서 방을 나왔다.

매티는 부엌 난롯가에 앉아 있었고, 고양이가 무릎 위에 몸을 웅크리고 있었다. 이선이 들어서자 매티가 자리에서 벌떡 일어나 뚜껑이 덮인 고기파이 접시를 식탁에 갖다 놓았다.

"지나 아주머니가 아프신 거 아니죠?" 매티가 물었다.

"그래."

매티는 식탁 건너편에서 그를 향해 환하게 웃어 보였다. "그럼 어서 자리에 앉으세요. 몹시 시장하시겠어요." 그녀는 뚜껑을 열고 접시를 그의 앞으로 밀었다. 그렇게 또다시 하룻밤을 함께 보내게 되었구나 하고 그녀의 행복한 눈이 말하는 듯했다.

그는 기계적으로 음식을 가져다 먹기 시작했다. 그때 역겨움이 목을 졸라 포크를 내려놓았다.

매티의 부드러운 시선이 그에게 닿았고, 그녀는 그의 태도가 심상치 않음을 알았다.

"저, 이선 아저씨, 왜 그러세요? 맛이 없어요?"

"아냐, 맛은 그만이야. 다만 난……." 그는 접시를 밀어 두고 의자에서 일어나 식탁을 빙 돌아 매티 쪽으로 걸어갔다. 매티가 놀란 눈을 하고 벌떡 일어났다.

"이선 아저씨, 뭔가 잘못된 거죠! 전 알고 있단 말이에요!"

겁에 질려 그에게 몸을 기댄 매티는 몸이 녹아 내려 사라지는 듯했다. 이선은 두 팔로 매티를 붙잡고 꼭 껴안았다. 매티의 속눈썹이 그물에 걸린 나비처럼 그의 뺨에 부딪치는 것이 느껴졌다.

"무슨 일이에요…… 무슨 일이죠?" 매티는 말을 더듬었다. 그는 마침내 그녀의 입술을 찾아냈다. 그리고 나머지는 모두 잊고서 그 입술이 주는 기쁨에만 취해 있었다.

매티는 똑같은 격한 감정에 사로잡혀 잠시 머뭇거렸다. 그러다가 그에게서 빠져나와 새파랗게 질려 불안에 떨며 한두 걸음 뒤로 물러났다. 그 모습이 이선에게 죄책감을 안겨 주었다. 그래서 꿈에 그녀가 물에 빠진 모습을 보기라도 한 듯 소리쳤다. "맷, 넌 못 가! 난 너를 절대 보내지 않을 거야!"

"가…… 가다니요?" 매티는 더듬거리며 말했다. "제가 가야 하나요?"

이 말이 마치 경고의 횃불이 캄캄한 어둠을 통과해 이 손에서 저 손으로 날아가는 것처럼 두 사람 사이에 계속 울렸다.

이선은 자제력을 잃고 이런 소식을 그토록 잔인하게 내던진 것이 부끄러워 어쩔 줄 몰라 했다. 머리가 빙빙 돌아 몸을 식탁에 기대야 했다. 지금까지 줄곧 입 맞추고 있었으면서도 그녀의 입술이 그리워 목말라 죽을 것 같았다

"이선 아저씨, 무슨 일이 있었나요? 지나 아주머니가 제게 화가 나신 거예요?"

비록 그의 분노와 연민을 더욱 깊어지게 했지만 매티의 부르짖음을 듣고서야 비로소 이선은 몸을 가누었다. "아니, 아니야." 그는 매티를 안심시켰다. "그런 게 아니라니까. 하지만 그새 의사가 아주머니의 병에 대해 겁을 주었어. 너도 잘 알잖아, 아주머니는 의사를 처음 만나자마자 그들이 하는 말이라면 뭐든지 다 믿는 거 말이야. 이번 의사가 아주머니더러 손가락 하나라도 까닥했다가는 몸이 낫지 않는다고…… 몇 달이라도……."

이선은 비참한 모습으로 매티에게서 눈길을 돌리며 입을 다물었다. 그녀는 부러진 나뭇가지처럼 그의 앞에 몸을 구부린 채 잠깐 동안 잠자코 서 있었다. 너무나도 조그맣고 연약해 보여 그의 가슴을 비틀어 짜는 것 같았다. 갑자기 매티가 고개를 쳐들고 그를 똑바로 바라보았다. "그래서 지나 아주머니가 저 대신에 좀 더 일을 잘하는 누군가를 얻으려는 거고요? 그렇죠?"

"오늘 저녁에 그렇게 말하더구나."

"아주머니가 오늘 저녁에 그렇게 말했다면 내일도 그렇게 말할 테죠."

두 사람 모두 이 냉엄한 현실 앞에 고개를 들지 못했다. 그

들은 지나가 절대로 마음을 바꾸지 않으며, 한번 마음먹으면 행동으로 옮긴 것이나 다름없다는 사실을 잘 알았다.

둘 사이에 긴 침묵이 흘렀다. 그리고 매티가 나지막한 목소리로 말했다. "이선 아저씨, 너무 섭섭해하지 마세요."

"오, 하느님…… 오, 하느님!" 그가 신음을 뱉었다. 매티에게 느꼈던 뜨거운 열정이 고통스러운 연민으로 녹았다. 매티가 눈꺼풀을 재빠르게 깜박여 눈물이 흐르는 모습을 감추는 것이 보였다. 그녀를 팔에 안고 위로해 주고 싶었다.

"아저씨, 저녁 식사가 식고 있어요." 매티는 해쓱한 얼굴로 밝게 미소를 지으며 말했다.

"이런, 맷…… 맷…… 넌 어디로 갈 생각이니?"

매티가 눈을 내리깔았고, 작은 경련이 얼굴을 스쳤다. 그는 매티에게 처음으로 미래에 대한 생각이 똑똑히 다가오는 것을 보았다. "스탬퍼드에서 뭔가 일자리를 구할 수 있겠죠." 희망이 없음을 그도 잘 알고 있다는 사실을 안다는 듯이 매티는 머뭇거렸다.

이선은 자리로 돌아가 털썩 주저앉아 두 손에 얼굴을 파묻었다. 매티가 혼자 힘들게 일자리를 찾아 돌아다닐 생각을 하자 절망감이 그를 짓눌렀다. 그녀를 아는 유일한 곳에서 매티는 무관심과 증오에 둘러싸여 있다. 경험이 없는 데다 제대로 훈련을 받지 못한 매티가 도시의 수많은 구직자들 사이에서 무슨 기회를 얻는단 말인가? 우스터에서 들은 비참한 이야기들이 머리에 떠올랐다. 처음에는 매티처럼 희망에 차서 삶을 시작한 그 아가씨들의 얼굴이……. 이런 일을 생각할 때마다 온몸이 떨렸다. 그는 갑자기 자리에서 벌떡 일어났다.

"못 가, 맷! 가지 못하게 하겠어! 지나는 언제나 하고 싶은 대로 해 왔어. 하지만 이제는 나 하고 싶은 대로 할 거야……."

매티는 재빠른 몸짓으로 손을 들어 올렸다. 그의 뒤에서 아내의 발소리가 들렸다.

지나가 발뒤꿈치를 질질 끌면서 부엌으로 들어오더니 두 사람 사이에 놓인 늘 앉던 자리에 조용히 앉았다.

"좀 나아진 것 같아. 그리고 버크 선생님 말이 건강을 회복하려면 입맛이 없더라도 가능한 한 많이 먹어야 한대." 지나가 매티를 가로질러 찻주전자로 손을 뻗으며 넋두리하듯 단조로운 목소리로 말했다. '나들이옷'을 벗고 매일 입는 검은색 사라사 옷과 갈색 니트 숄 차림을 하고 있었다. 그리고 평소 같은 얼굴과 태도를 보였다. 그녀는 차를 따른 뒤 우유를 듬뿍 붓고 파이와 피클을 가득 덜었다. 음식을 먹기 전에 늘 그러듯 틀니를 바로잡았다. 고양이가 아첨이라도 하듯 그녀에게 기대어 몸을 비벼 댔다. "귀여운 나비!" 하면서 지나는 몸을 숙여 고양이를 어루만지고 자기 접시에서 고기 한 점을 집어 주었다.

이선은 말없이 앉아서 먹는 시늉도 하지 않았지만 매티는 씩씩하게 음식을 씹으며 지나에게 베츠브리지에 다녀온 일에 대해 한두 가지 물었다. 지나는 일상적인 어조로 대답했고, 화제가 무르익자 친구들과 친척들이 앓는 위장병에 대해 몇 가지 생생하게 들려주었다. 이야기를 하면서 매티를 똑바로 쳐다보았다. 희미한 미소가 코와 턱 사이의 세로 주름을 깊어지게 했다.

저녁 식사가 끝났을 때 지나는 자리에서 일어나 심장 근처 평평한 부위를 손으로 눌렀다. "맷, 네가 만든 파이를 먹으면 늘 조금 부담이 되네." 지나가 심술궂다고 할 수 없는 목소리로 말했다. 좀처럼 매티의 이름을 줄여서 부르는 일이 없었고, 그렇게 부를 때는 늘 다정함의 표시였다.

"작년에 스프링필드에서 가져온 위장약을 찾아봐야 할까 보다." 지나는 말을 이었다. "꽤 오랫동안 그 약을 안 먹었거든. 어쩌면 가슴이 답답한 데도 들을지 몰라."

매티가 눈을 들었다. "지나 아주머니, 제가 갖다 드릴까요?" 그녀가 대담하게 말했다.

"괜찮아. 그 약은 네가 모르는 데 있거든." 지나는 이상야릇한 표정을 지으며 애매하게 대답했다.

지나가 부엌을 나가고 매티는 일어나 식탁에서 접시들을 치우기 시작했다. 매티가 이선의 의자를 지나칠 때 두 사람의 눈이 마주치더니 쓸쓸하게 서로 떨어질 줄을 몰랐다. 따뜻하고 고요한 부엌은 전날 밤과 마찬가지로 평화로워 보였다. 고양이가 지나의 흔들의자에 껑충 뛰어 올라갔고, 난롯불은 제라늄의 은근하면서도 강렬한 향기를 퍼뜨리기 시작했다. 이선은 피곤한 듯 천천히 몸을 일으켰다.

"나가서 한 바퀴 돌아봐야겠는걸." 그는 초롱불을 가지러 복도로 향하면서 말했다.

문에 이르렀을 때 그는 지나를 맞닥뜨렸다. 화가 나서 입술을 씰룩거렸고, 흥분한 나머지 누르스름한 얼굴이 벌게져서 다시 부엌으로 돌아오는 중이었다. 숄은 어깨에서 미끄러져 내려와 초라한 발꿈치에 끌렸고 손에는 깨진 붉은색 유리 피클 접시 조각을 들고 있었다.

"도대체 누가 이랬는지 알고 싶네." 지나는 무서운 얼굴로 시선을 이선에게서 매티한테로 옮기며 말했다.

아무런 대답이 없자 떨리는 목소리로 말을 계속했다. "도기 찬장 꼭대기 칸에 있는 아버지의 낡은 안경집에 넣어 둔 가루약을 찾으러 갔었어. 소중한 물건을 간수하는 곳 말이야. 집안 식구들의 손이 닿지 않도록……." 목이 메어 지나는 더 이상 말을 잇지 못했다. 작은 눈물 방울 두 개가 속눈썹 없는 눈꺼풀에 매달렸다가 두 뺨을 타고 천천히 흘러내렸다. "꼭대기 선반으로 올라가려면 사다리가 필요해. 우리가 결혼할 때 필루라 메이플 이모가 준 피클 접시를 일부러 거기에 올려 뒀지. 봄철에 청소할 때를 빼놓고는 한 번도 내린 적이 없어. 청소할 때도 행여 깨지지나 않을까 늘 내 손으로 직접 옮기곤 했는데." 그녀는 깨진 조각을 조심스럽게 식탁 위에 올려놓았다. "누가 이런 짓을 했는지 알고 싶어." 그녀가 떨리는 목소리로 말했다.

이렇게 설명을 요구하자 이선은 부엌으로 되돌아와서 지나의 얼굴을 빤히 쳐다보았다. "그럼 내가 대답하지. 고양이가 그랬어."

"고양이가?"

"그래."

지나는 이선을 뚫어지게 쳐다보다가 시선을 매티한테 돌렸다. 매티는 접시를 식탁으로 옮기던 중이었다.

"어떻게 고양이가 내 그릇장에 올라갔는지 알고 싶은데?"
지나가 물었다.

"쥐를 쫓느라고 그랬나 보지." 이선이 대답했다. "엊저녁 내
내 쥐 한 마리가 부엌을 들락거렸거든."

지나는 두 사람을 계속 번갈아 쳐다보았다. 그리고 나서 나
지막한 소리로 묘하게 웃었다. "우리 고양이가 영리한 줄은 알
지만." 하고 그녀는 목소리를 높였다. "깨진 피클 접시 조각들
을 주워 선반에 다시 올려놓고 가장자리를 서로 맞춰 둘 만큼
영리한 줄은 미처 몰랐네."

매티가 갑자기 김이 나는 물에서 팔을 뺐다. "지나 아주머
니, 그건 이선 아저씨의 잘못이 아니에요! 고양이가 깨뜨린 거
예요. 하지만 찬장에서 내린 것은 저예요. 그러니 그걸 깨뜨린
책임은 저한테 있어요."

지나는 자신이 아끼는 보물의 잔해 옆에 서서 돌로 깎은 분
노의 화신처럼 굳은 표정을 하고 있었다. "네가 내 피클 접시
를 내렸다고…… 도대체 뭘 하려고?"

매티의 두 뺨에 밝은 홍조가 떠올랐다. "저녁상을 예쁘게
차리고 싶었어요." 그녀가 대답했다.

"저녁상을 예쁘게 차리고 싶었다고? 내가 돌아서기를 기다
렸다가 말이지. 내가 가진 물건 중에서도 제일 소중하게 여기
는 것을 가지고. 목사님이 저녁을 드시러 오셨을 때도, 마서 피
어스 이모가 베츠브리지에서 먼 길을 오셨을 때도 쓰지 않던
것을……." 마치 스스로 신성모독을 입에 올려서 겁에 질린 듯
지나는 숨이 가빠져 잠시 말을 멈췄다. "매티 실버, 넌 나쁜 계

집애야. 난 늘 그걸 알고 있었어. 네 아버지가 일찍이 하던 버릇이야. 너를 이 집에 데려올 때 경고도 들었어. 그래서 물선들을 네 손이 닿지 않는 곳에 두려고 했지……. 그런데 지금 넌 내가 제일 아끼는 물건을 빼앗아 갔어……." 지나는 짧게 경련을 일으키듯 흐느끼며 제대로 말을 잇지 못했다. 그 모습이 어느 때보다 더 돌로 깎아 놓은 형체처럼 보였다.

"친척들 말을 들었으면 넌 벌써 이 집에서 쫓겨났을 거야. 그랬더라면 이런 일도 일어나지 않았을 테지." 그녀가 말했다. 그러고는 깨진 유리 조각을 모아서 마치 시체를 운반하듯 부엌을 나가 버렸다.

8

이선이 아버지의 병환 때문에 농장으로 돌아왔을 때 어머니는 비어 있는 '가장 좋은 거실' 뒤쪽의 조그마한 방을 내주었다. 그는 여기에 책꽂이용 선반을 못질해 달았고, 널빤지와 매트리스로 소파를 만들었으며, 탁자 위에는 서류들을 펼쳐 놓았고, 거칠게 바른 회벽에 에이브러햄 링컨 대통령의 판화와 『시인의 생각』[35]의 구절들이 적힌 달력을 걸어 두었다. 이런 보잘것없는 물건들로 우스터에 있을 때 친절히 대해 주고 책을 빌려주던 한 '목사'의 서재와 비슷하게 꾸며 보려고 했다. 그는 여름이면 여전히 이 방을 은신처로 삼았다. 다만 매티가 농장에 와서 살게 되자 난로를 내줘야 했고, 따라서 이 방은 일 년 중 몇 달은 사람이 지낼 수가 없었다.

---

35) 1848년 헨리 시어도어 터커먼(1813~1871)이 편찬한 책.

집이 조용해지고 침대에서 지나의 고른 숨소리가 들려와 이제 부엌에서 벌어졌던 장면이 되풀이되지 않을 것이라는 확신이 들자 이선은 곧 이 은신처로 내려왔다. 지나가 자리를 뜬 뒤 매티와 그는 말없이 서 있었을 뿐 어느 쪽도 서로에게 다가가려고 하지 않았다. 잠시 뒤 매티는 부엌 치우는 일을 마저 하기 시작했고, 이선은 초롱불을 들고 날마다 그러듯이 집 밖을 한 바퀴 돌아보았다. 그가 다시 돌아왔을 때 부엌은 비어 있었다. 하지만 식탁에 담배 쌈지와 파이프가 놓여 있었는데, 그 밑에는 씨앗 카탈로그에서 찢은 종잇조각에 "이선 아저씨, 걱정하지 마세요."라고 쓰여 있었다.

춥고 어두운 '서재'로 들어가 이선은 탁자 위에 초롱불을 올려놓고서 몸을 구부리고 불빛에 비춰 가며 그 쪽지를 몇 번이나 읽고 또 읽었다. 매티가 그에게 편지를 쓴 것은 이번이 처음이었다. 이 편지를 가지고 있다는 사실이 그녀와 가까워졌다는 이상야릇하고 새로운 감정을 안겨 주었다. 그렇지만 이제부터 두 사람이 서로 연락할 다른 방법이 없다는 사실을 상기하자 절망감은 한층 더 깊어졌다. 살아 숨 쉬는 그 미소 대신에, 그 따뜻한 목소리 대신에 이 차가운 종이와 죽은 말뿐이라니!

혼란과 울분으로 뒤범벅된 감정이 마음속에서 폭풍처럼 휘몰아쳤다. 그는 절망에 쉽게 굴복하기에는 너무나 젊고 너무나 건장하고 생명의 수액으로 가득 차 있었다. 불평만 늘어놓는 무정한 여자 곁에서 모든 생애를 낭비해야만 하는가? 그에게는 여러 가지 다른 가능성들이 있었지만 지나의 편협함과

무지 때문에 하나씩 희생시켜 왔다. 그런데 그 결과가 과연 무엇이란 말인가? 지나는 결혼했을 때보다 백배 더 억울해하고 더 불만스러워했다. 유일한 기쁨이라면 남편에게 고통을 주는 것뿐이었다. 그처럼 헛되게 보낸 삶에 대항하여 자신을 방어하려는 모든 건전한 본능이 그의 마음속에서 고개를 쳐들었다…….

이선은 낡은 너구리 가죽 외투를 껴입고 상자로 만든 소파에 누워 생각에 잠겼다. 뺨 아래에 이상한 돌기들이 있는 딱딱한 물건이 느껴졌다. 약혼했을 때 지나가 만들어 준 쿠션이었다. 아내가 바느질하는 모습을 본 유일한 작품이었다. 그것을 마룻바닥에 내동댕이치고 벽에 머리를 기댔다…….

그는 산 너머에 사는 한 남자의 경우를 잘 알고 있었다. 자기 나이 또래의 젊은이였다. 그 사람은 좋아하는 여자와 함께 서부 지방[36]으로 달아나 그런 불행한 삶을 모면했다. 아내는 그 사람과 이혼했고, 그 사람은 좋아하던 처녀와 결혼하는 데 성공했다. 이선은 지난여름 새즈폴스에서 그 부부를 만났다. 친척을 방문하러 온 것이었다. 곱슬곱슬한 금발 머리를 한 귀여운 딸과 함께였는데, 그 딸은 금목걸이에 공주처럼 예쁜 옷을 입고 있었다. 버림받은 여자도 그렇게 나쁘지는 않았다. 남편이 농장을 주어서 그 농장을 판 돈과 위자료로 그럭저럭 베츠브리지에 간이식당을 차려 꽤 성공하고 중요한 위치에까

---

36) 미국에서 19세기 중엽부터 '명백한 운명'이라는 깃발 아래 서부 개척이 한창 진행되었다. 대부분의 미국인들에게 서부는 기회와 성공을 상징했다.

지 오르게 되었다. 이선은 이런 생각에 흥분했다. 자기라고 매티를 혼자 가게 두지 않고 그다음 날 함께 떠나지 못할 일이 무어라는 말인가? 여행 가방을 썰매 의자 밑에 감춰 놓으면 지나는 아무것도 의심하지 않고 있다가 위층으로 낮잠을 자러 올라갔을 때에야 비로소 침대에 놓인 편지를 보게 될 것이다…….

그런 충동이 계속 머리를 들었다. 그는 벌떡 자리에서 일어나 초롱불을 다시 켜고 탁자 옆에 앉았다. 책상 서랍을 뒤져 종이 한 장을 찾아내 편지를 쓰기 시작했다.

지나, 나는 당신을 위해 할 수 있는 일은 다 했어. 그런데 그것이 모두 무슨 소용인지 잘 모르겠군. 나는 당신을 탓하지도, 나 자신을 탓하지도 않아. 어쩌면 서로 헤어지는 게 우리 둘 모두에게 더 좋겠지. 나는 서부로 가서 새로운 운명을 개척해 보려고 해. 당신은 농장과 목재소를 팔아 그 돈으로…….

이선은 '돈'이라는 단어에서 잠시 펜을 멈췄다. 이 말이 그로 하여금 자신이 놓여 있는 뼈저린 운명을 절감하게 했기 때문이다. 지나에게 농장과 목재소를 넘겨준다면 자신은 무엇을 가지고 새 삶을 시작한단 말인가? 일단 서부 지방에 가기만 하면 틀림없이 직업은 구할 것이다. 혼자서 운명을 개척하는 데는 두려울 것이 없었다. 하지만 매티를 먹여 살려야 하는 경우에는 사정이 달라진다. 그리고 지나의 운명은 어찌 될까? 농장과 목재소는 받을 수 있는 최대 한도까지 저당이 잡혀 있다. 그럴 성싶지 않지만 설령 구매자가 나타나더라도 팔아 보았자 1,000달러도 손에 넣지 못할 것이다. 매매가 이루어지는 동안 지나가 어떻게 농장을 꾸려 나가지? 이때까지 가까스로 생계를 유지한 것은 그가 쉬지 않고 열심히 일하고 농장을 직접 관리했기 때문이다. 아내가 생각보다 건강하다 해도 이렇게 무거운 짐을 혼자 짊어지지는 못할 것이다.

글쎄, 어쩌면 아내는 친척들한테 돌아갈 수도 있고, 또 그들이 어떻게 보살펴 줄지 알아볼 수도 있을 것이다. 그게 바로 그녀가 매티에게 강요하고 있는 운명이었다. 그렇다면 그녀 자신이 이런 운명을 개척하도록 내버려 두어도 괜찮지 않을까? 지나가 그를 찾아내 이혼 소송을 제기하기 전까지 그가 어디에서든 아내에게 위자료를 지불할 충분한 돈을 벌 수 있을지도 모른다. 또 한 가지 대안은 근본적인 생계 대책도 없이 지나보다 훨씬 상황이 좋지 못한 매티를 혼자 떠나게 두는 것이다.

이선은 조금 전 종이를 찾느라 책상 서랍에 든 것들을 뒤죽박죽으로 만들어 놓았다. 다시 펜을 들었을 때 오래된《베츠브리지 이글》이 눈에 띄었다. 광고 면이 제일 위로 오도록 접혀 있었고, 거기에 적힌 '서부 지방 여행 운임 할인'이라는 말이 눈길을 끌었다.

그는 램프를 좀 더 가까이 당겨 꼼꼼히 운임[37])을 살펴보았

---

37) 20세기 초에 성인 두 명이 미국 동부에서 서부까지 가는 데 드는 교통 운임은 10달러 정도였다.

다. 그러더니 신문을 손에서 떨어뜨리고 아직 마치지 않은 편지를 옆으로 밀어 놓았다. 방금 전까지 그는 그녀와 같이 서부 지방으로 간다면 어떻게 살아갈지를 생각했다. 지금은 그녀를 그곳까지 데려갈 여비조차 없다는 사실을 깨달았다. 돈을 꾼다는 것은 전혀 불가능한 일이었다. 여섯 달 전에 목재소를 수선하는 데 필요한 돈을 장만하느라고 자기한테 남아 있던 유일한 담보물을 저당 잡혔다. 스탁필드에서 담보물 없이 단돈 10달러도 돈을 꾸어 줄 사람이 없다는 것을 잘 알고 있었다. 이 엄연한 현실이 마치 교도관이 죄수에게 수갑을 채우듯 그를 압박했다. 빠져나갈 길이라고는 정말 하나도 없었다. 평생 죄수와 다름없었다. 그리고 지금 한 줄기 빛마저 막 꺼져 버리려고 했다.

이선은 천천히 소파에 기어 올라가 팔다리를 쭉 뻗고 누웠다. 팔다리가 어찌나 무거운지 다시는 움직이지 못할 것 같았다. 뜨거운 눈물이 목까지 차 올라와 천천히 눈꺼풀 사이로 흘러내렸다.

누워 있는 동안 맞은편의 창유리가 점점 밝아 오면서 달빛을 받은 하늘을 어둠 위에 사각형으로 새겨 놓았다. 구부러진 나뭇가지 하나가 거기에 가로로 걸쳐져 있었다. 여름날 저녁 그가 목재소에서 돌아올 때면 매티가 종종 앉아 있던 그 사과나무 가지였다. 비를 머금은 수증기의 가장자리는 천천히 불이 붙어 타 버리고 순수한 달덩어리가 푸른 하늘에 떠올랐다. 이선은 팔꿈치를 받치고 몸을 일으켜 바깥 풍경이 조각 같은 달 아래 하얗게 형체를 이루는 모습을 바라보았다. 오늘이 매티와 함께 썰매를 타러 가기로 한 날이었고, 그들을 비춰 줄 초롱불이 하늘에 걸려 있지 않은가! 창문을 통해 그는 달빛에 흠뻑 젖은 언덕, 은빛 테두리를 두른 어두운 숲, 하늘을 배경으로 펼쳐진 유령 같은 자줏빛 언덕을 바라보았다. 밤의 이 모든 아름다움이 하나같이 그의 비참함을 비웃는 것만 같았다.

이선은 그만 잠이 들었고, 깼을 때는 겨울 새벽의 냉기가 방 안에 가득 차 있었다. 춥고 뻐근하고 허기졌고, 배가 고픈 것이 부끄러웠다. 그는 두 눈을 비비고 창가로 다가갔다. 까맣고 연약해 보이는 나무들 뒤로 붉은 태양이 들판의 잿빛 테두리 너머에 걸쳐져 있었다. "오늘이 맷의 마지막 날이구나." 하고 혼자 중얼거리며 그녀가 없는 이 집을 상상해 보았다.

그가 창가에 서 있을 때 뒤에서 발자국 소리가 들리더니 매티가 들어왔다.

"이런, 이선 아저씨…… 밤새도록 여기에 계셨어요?"

초라한 옷차림에 붉은 스카프를 두른 매티는 너무 작고 주눅 들어 보였고, 창백한 얼굴은 차가운 빛을 받아 누르스름한 색을 띠었다. 이선은 말없이 그 앞에 섰다.

"몸이 꽁꽁 얼었겠어요." 매티가 흐린 눈빛으로 바라보며 말했다.

그는 한 발자국 더 가까이 다가섰다. "내가 여기 있는 줄 어떻게 알았어?"

"제가 잠자리에 든 뒤 아저씨가 다시 아래층으로 내려가는 소리를 들었어요. 밤새도록 귀를 기울였지만 다시 올라오지 않던데요."

그의 모든 다정한 감정이 한꺼번에 입술로 올라왔다. 그는 매티를 바라보면서 말했다. "곧 가서 부엌에 불을 피울게."

두 사람은 부엌으로 돌아갔다. 매티를 위해 이선은 석탄과 불쏘시개를 가져오고, 난로 청소를 해 주었다. 그동안 매티는 우유와 먹다 남은 식은 고기파이를 내왔다. 난로에서 온기가 퍼져 나오고 첫 햇살이 부엌 마루를 비추기 시작하자 이선의 음산한 생각들이 한결 부드러워진 공기 속에 녹아 버렸다. 그렇게 오래 아침이면 보았던 대로 일하고 있는 모습을 보니 매티가 이제 영원히 이 장면의 일부가 아니게 된다는 것은 불가능한 일 같았다. 그는 지나의 위협을 확실히 지나치게 과대평가하고 있었으며, 그녀도 아침 햇빛이 다시 비치면 좀 더 밝은 기분으로 돌아올 것이라고 혼자 중얼거렸다.

그는 난로 위에 몸을 구부리고 있는 매티한테 가서 그녀의 팔에 손을 얹었다. "네가 걱정하지 않았으면 좋겠다." 그는 미소를 지으며 매티의 두 눈을 들여다보면서 말했다.

그녀는 흥분하여 얼굴을 붉히면서 속삭이는 말로 "네, 이선 아저씨, 걱정하지 않을래요." 하고 대답했다.

"모든 일이 잘될 거야." 그가 덧붙였다.

대답 대신에 매티는 눈꺼풀을 재빠르게 깜빡였다. 그는 "지나 아주머니가 오늘 아침엔 아무 말도 없었지?" 하고 말을 이었다.

"네, 아직 못 뵀었는걸요."

"보더라도 모르는 척해."

이렇게 이르고 이선은 매티를 두고서 소 외양간으로 나갔다. 조섬 파월이 아침 안개를 뚫고 언덕을 걸어 올라오는 모습이 보였다. 친근한 광경에 더더욱 안심해도 되겠다는 확신이 들었다.

외양간을 치우고 있을 때 조섬이 쇠스랑에 몸을 기대고 서서 말했다. "대니얼 번이 오늘 낮에 플래츠로 가니까 매티의 트렁크를 실어다 줄 수 있을 거지요. 그럼 제가 매티를 썰매에 태우고 가기가 편하겠는데요."

이선이 멍하니 그를 바라보았고, 조섬은 계속해서 말을 이었다. "프롬 아주머니 말씀이 새로 오는 아가씨가 5시에 플래츠에 도착한다고요. 그러니까 저더러 매티를 스탬퍼드행 6시 기차를 탈 수 있도록 데려다주라고."

이선은 관자놀이에 피가 솟구쳐 오르는 것을 느꼈다. 잠시 침묵을 지키다가 비로소 입을 열어 "아, 매티가 집을 떠날지는 아직 확실치 않아······." 하고 말했다.

"그런가요?" 하고 조섬이 무관심하게 말했다. 그들은 일을 계속했다.

두 사람이 부엌으로 돌아왔을 때 두 여자는 벌써 아침을 먹고 있었다. 평소와 달리 지나의 태도는 날렵하고 활기에 넘쳤다. 커피를 두 잔이나 마셨고, 고양이에게 파이 접시에 남은 음식 찌꺼기를 먹였다. 그리고는 자리에서 일어나 창가로 걸어가 제라늄에서 누른 잎 두세 개를 따 냈다. "마사 이모는 시든 잎이라곤 하나 없이 잘도 키우셨는데. 보살피지 않으면 이렇게 시들어 버려." 하고 지나는 생각에 잠긴 듯 말했다. 그러더니 조섬에게 고개를 돌리고 물었다. "대니얼 번이 몇 시에 온다고 했죠?"

일꾼은 주저하는 시선으로 이선을 바라보았다. 그는 "정오 쯤 해서 온다고 했는데요." 하고 대답했다.

지나는 매티를 향했다. "네 트렁크는 썰매에 싣기엔 너무 무거워서 대니얼 번이 와서 플래츠까지 갖다줄 거다."

"정말 고마워요, 지나 아주머니." 매티가 말했다.

"먼저 너하고 따져 볼 게 있는데." 지나가 침착한 목소리로 말을 이었다. "면 타월 한 장이 없어졌더구나. 그리고 거실의 박제 부엉이 뒤에 놓여 있던 성냥 통을 네가 어떻게 했는지 도무지 알 길이 없네."

지나가 나가고 매티가 그 뒤를 따라갔다. 남자들만 남았을 때 조섬이 주인에게 말했다. "그럼 대니얼더러 오라고 하는 게 좋겠지요."

이선은 집 주위와 헛간에서 늘 하던 대로 아침 일을 끝마쳤다. 그러고 나서 조섬에게 말했다. "지금 스타크필드로 내려갈 거야. 점심 식사 때 날 기다리지 말라고 일러."

격한 반발심이 또다시 마음속에 북받쳤다. 맑은 정신에는 도저히 믿기 어려워 보이던 일이 실제로 일어났다. 그는 매티가 추방당하는 장면을 무력하게 지켜봐야 하는 구경꾼으로 전락했다. 그의 남자다움은 자신이 어쩔 수 없이 맡아야 하는 역할에 때문에, 매티가 어떻게 볼까 하는 생각 때문에 크게 손상되었다. 마을로 걸어가는 동안 마음속에서는 여러 충동이 서로 얽혀 다투었다. 그는 무엇인가를 하겠다고 마음먹었지만 정작 그것이 무엇인지는 알지 못했다.

아침 안개가 걷히고 벌판은 태양 아래 은빛 방패처럼 펼쳐져 있었다. 겨울의 광채가 창백한 봄 아지랑이 사이로 빛을 내뿜는 그런 날이었다. 걸어가는 길의 발자국마다 매티의 존재가 생생하게 살아 있었고, 하늘을 배경으로 뻗은 나뭇가지나 둑을 덮은 가시덤불이나 달콤한 추억이 깃들지 않은 것이 없었다. 한번은 고요한 가운데 물푸레나무에서 들려온 새 지저귀는 소리가 너무 그녀의 웃음소리 같아 가슴이 죄었다가 다시 팽창했다. 이 모든 것이 그로 하여금 당장 무언가를 해야겠다고 다짐하도록 만들었다.

갑자기 머릿속에 앤드루 헤일이 떠올랐다. 인정 많은 사람이라 만약 지나의 병 때문에 하녀를 구하게 되었다고 말하면 생각을 바꾸어 목재 대금을 조금이라도 미리 줄지 모른다는 생각이 머리를 스쳤다. 헤일은 그의 처지를 잘 알기 때문에 자존심을 크게 다치지 않고 다시 한번 호소해 볼 만했다. 더구나 가슴속에 온갖 감정이 용솟음치는 마당에 자존심이 무슨 소용이란 말인가?

이 계획은 생각할수록 더욱 희망적으로 보였다. 만약 헤일 부인만 움직일 수 있다면 일이 성공하는 데는 문제가 없었다. 그리고 50달러를 호주머니에 넣기만 하면 그 무엇도 그를 매티와 떼어 놓을 수 없었다…….

첫 번째 목표는 헤일이 일하러 나가기 전에 스탁필드에 도착하는 것이었다. 이선은 이 목수가 저 아래 코베리 도로에 일이 있고, 따라서 아침 일찍이 집을 나서리라는 것을 잘 알았다. 마음이 급해지면서 이선의 큰 걸음이 한층 더 빨라졌다. 그가 스쿨하우스힐에 이르렀을 때 멀리 헤일의 썰매가 보였다. 그 썰매를 놓치지 않으려고 바삐 걸었다. 그런데 좀 더 가까이 다가가 보니 목수의 막내아들이 썰매를 몰았고, 그 옆에 안경을 쓰고 꼿꼿이 서 있는, 큰 누에고치처럼 보이던 이는 헤일 부인이었다. 이선은 썰매를 멈추라고 손짓했다. 헤일 부인이 앞으로 몸을 숙였다. 멋진 주름이 인자한 느낌을 주며 반짝거렸다.

"바깥양반 말이지요? 그럼요, 네, 집에 가면 만날 수 있어요. 오늘 오전엔 일하러 가지 않아요. 아침에 깨더니 허리가 조금 아프다고 하더라고. 방금 키더 의사 영감의 고약을 붙여 주고 난롯가에 바짝 앉혀 놓고 나오는 길이에요."

이선에게 어머니 같은 자애로운 미소를 지으면서 부인은 몸을 구부리고 말을 이었다. "방금 바깥양반한테서 지나가 베츠브리지에 새로 온 의사를 보러 갔단 말을 들었어요. 지나가 또 그렇게 몸이 아프다니 참 안됐어요! 그 의사가 뭔가 도움을 줄 수 있으면 얼마나 좋을까. 이 근처에서 지나보다 병으로 고생하는 사람은 없을 거예요. 늘 바깥양반에게 하는 말이지만, 이선이 돌보지 않으면 어떻게 될지 몰라요. 똑같은 말을 모친에 대해서도 늘 했는데. 이선 프롬, 당신은 참 운이 나빠."

헤일 부인은 아들이 말을 다정하게 다독이는 동안 이선을 향해 마지막으로 고개를 끄떡여 동정을 표했다. 썰매가 출발하자 이선은 길 한복판에 서서 점점 멀어지는 썰매의 뒷모습을 물끄러미 바라보았다.

혜일 부인처럼 누군가가 친절하게 말을 건넨 지도 오래되었다. 사람들은 대부분이 그의 어려움에 무관심하거나 그 또래의 젊은이라면 병자 세 명은 아무 불평 없이 감당하는 게 마땅하다고 생각하는 듯했다. 하지만 혜일 부인은 "이선 프롬, 당신은 참 운이 나빠."라고 말했다. 그래서 그는 불행하면서도 덜 외로웠다. 만약 혜일 부부가 그를 가엾게 여긴다면 분명히 간청을 들어줄 것이다…….

이선은 그들의 집을 향해 다시 길을 따라 내려갔다. 그러나 몇 미터쯤 가다가 얼굴이 붉어져 별안간 걸음을 멈췄다. 금방 들은 말을 곰곰이 생각하면서 처음으로 지금 자신이 무얼 하려고 하는지 깨닫게 되었다. 지금 혜일 부부의 동정심을 이용하여 거짓 핑계로 돈을 얻어 내려고 계획하는 것이 아닌가. 황급히 스탁필드로 걸음을 내딛은 것이 그 수상쩍은 목적을 명백히 보여 주는 증거였다.

광기에 사로잡혀 어떠한 행동을 했는지 갑자기 깨닫자 그 광기가 사라지며 자기 앞에 놓인 삶을 있는 그대로 바라볼 수 있었다. 그는 가난한 농부였고, 자기가 버리면 고독과 가난 속에 남게 될 병든 여인의 남편이었다. 설령 아내를 버릴 배짱이 있더라도 그를 동정하는 인정 많은 두 사람을 속이지 않고서는 그렇게 할 수 없었다.

그는 발길을 돌려 천천히 농장으로 돌아왔다.

9

부엌문에는 대니얼 번이 우람한 잿빛 말 꽁무니에 매단 썰매에 앉아 있었다. 말은 앞발로 눈을 차며 기다란 머리를 이리저리 불안하게 흔들어 댔다.

이선이 부엌에 들어가니 아내가 난로 옆에 앉아 있었다. 머리에 숄을 두르고 『신장병과 치료법』[38]이라는 책을 읽고 있었다. 이선이 며칠 전 우편 요금을 추가로 물어야 했던 그 책이었다.

지나는 그가 들어설 때 고개를 들어 쳐다보지도 움직이지도 않았다. 조금 뒤 이선은 "매티는 어디 있지?" 하고 물었다. 그녀는 책장에서 눈을 떼지 않은 채 "트렁크를 끌어 내리고 있겠죠." 하고 대답했다.

---

38) 제노비아가 앓는 병이 신장병이라는 사실을 알 수 있는 단서가 된다.

그는 화가 머리끝까지 치밀어 올랐다. "트렁크를 끌어 내리고 있다고…… 혼자서?"

"조섬 파월은 숲에 가 있고, 대니얼 번은 말을 혼자 둘 수 없대요." 지나가 대답했다.

아내의 말을 끝까지 듣지 않고 그는 부엌을 나와 계단을 올라갔다. 매티의 방문은 굳게 닫혀 있었다. 잠시 층계참에서 머뭇거리다가 낮은 목소리로 "맷!" 하고 불렀다. 그런데 아무 대답이 없자 문고리를 잡아당겼다.

이선은 지난 초여름에 비가 새는 처마를 고치러 왔을 때를 빼고는 지금껏 한 번도 이 방에 들어온 일이 없었다. 하지만 그 방의 물건이 어떤 모습을 하고 있는지 하나하나 정확히 기억했다. 붉은 천과 흰 천을 잇대어 만든 누비이불이 덮인 좁다란 침대, 옷장 위의 예쁜 바늘꽂이, 그 위쪽 녹슨 사진틀에 끼워진 매티 어머니의 확대 사진과 그 뒤쪽에 물감을 들인 풀 한 다발. 지금은 이런 것들과 그녀의 존재를 추억하게 할 만한 다른 물건들이 모두 사라지고 방 안은 매티가 도착하던 날 지나가 안내하던 때와 마찬가지로 쓸쓸하고 허전해 보였다. 마루 한복판에 트렁크가 놓였고, 나들이옷을 입은 매티가 문을 등지고 얼굴을 두 손에 파묻은 채 트렁크 위에 앉아 있었다. 흐느껴 우느라 이선이 부르는 소리를 듣지 못했다. 이선이 등 뒤에 가까이 다가가서 어깨에 손을 얹을 때까지도 그의 발소리를 듣지 못했다.

"맷…… 이런, 안 돼…… 아, 맷!"

매티는 벌떡 일어나 눈물 젖은 얼굴을 들어 그를 바라보았다. "이선 아저씨…… 아저씨를 다시는 못 보는 줄 알았어요!"

그는 두 팔로 매티를 꼭 껴안았다. 그리고 떨리는 손으로 매티의 앞이마에 흘러내린 머리카락을 매만졌다.

"나를 다시 못 만나다니? 그게 무슨 소리야?"

매티는 흐느끼며 말했다. "조섬 말이, 아저씨가 점심 식사 때 기다리지 말라고 했다면서요. 그래서 제 생각에는……."

"내가 그냥 가서 돌아오지 않을 것으로 생각했단 말이야?" 그는 정색하며 그녀를 대신해 말했다.

그녀는 아무 대답 없이 그에게 매달렸고, 그는 그녀의 머리카락에 입술을 댔다. 그 머리카락은 따뜻한 비탈에 돋은 이끼처럼 부드러우면서 탄력이 있었으며 새 톱밥이 햇볕 속에서 희미한 나무 향기를 내뿜는 것 같았다.

지나가 아래층에서 부르는 소리가 문틈으로 들려왔다. "대니얼 번이 그러는데 자기한테 트렁크를 부탁하고 싶으면 빨리 서두르란다."

두 사람은 겁에 질린 표정으로 서로에게서 떨어졌다. 강한 저항의 말들이 이선의 목까지 차올랐다가 사라졌다. 매티는 손수건을 찾아 눈물을 닦았다. 그러고는 몸을 숙여 트렁크의 손잡이를 잡았다.

이선이 매티를 옆으로 밀쳤다. "맷, 놔둬!" 그가 명령했다.

매티는 "이걸 들고 모서리를 돌려면 두 사람이 필요해요." 하고 대답했다. 그래서 어쩔 수 없이 그는 다른 쪽 손잡이를 잡았고, 두 사람이 함께 무거운 트렁크를 가까스로 층계참까지 옮겼다.

"이젠 비켜." 그가 거듭 말했다. 그러고 나서 트렁크를 어깨에 메고 계단을 내려와 복도를 지나 부엌으로 갔다. 난로 옆 자기 의자에 앉아 있던 지나는 그가 지나가는데도 읽고 있던 책에서 고개를 들지 않았다. 매티는 이선을 따라 문밖으로 나가 그가 트렁크를 썰매 뒤쪽에 올리는 걸 도왔다. 그런 다음 두 사람은 문간에 나란히 서서 대니얼 번이 안달하는 말을 몰아 썰매를 달리는 모습을 바라보았다.

이선은 자기 가슴이 밧줄에 묶여 있고 어떤 보이지 않는 손이 시시각각으로 바짝 조이는 것 같았다. 두 번이나 입을 열어 매티에게 뭔가 말하려고 했지만 좀처럼 소리가 되어 나오지지 않았다. 마침내 돌아서서 집 안으로 다시 들어가려고 할 때에야 비로소 그녀를 붙들었다.

"맷, 내가 데려다줄게." 그가 속삭였다.

"지나 아주머니는 제가 조섬하고 가기를 바랄 거예요." 매티가 중얼거렸다.

"내가 데려다줄 거야." 그가 거듭 말했다. 매티는 아무 대답도 하지 않고 부엌으로 들어갔다.

점심때 이선은 도무지 먹을 수가 없었다. 눈을 들면 시선은 지나의 수척한 얼굴에 멈췄다. 굳게 다문 그녀의 입술 양 끝이 떨리면서 미소로 바뀌는 것 같았다. 날씨가 풀려서 기분이 좋다며 잘 먹었고, 다른 때는 조섬 파월의 식욕을 모른 척했으면서 오늘은 두 번이나 그에게 콩 요리를 권했다.

식사가 끝나자 매티는 평상시처럼 식탁을 치우고 설거지를 했다. 지나는 고양이에게 먹이를 준 다음 난로 옆 흔들의자로 돌아갔다. 그리고 항상 맨 나중까지 미적대던 조섬 파월이 마지못해 의자를 뒤로 밀치고 문을 향해 발길을 옮겼다.

그는 문지방에서 돌아서더니 이선에게 물었다. "매티를 데리러 언제 올지?"

이선은 창문 근처에 서서 기계적으로 담뱃대에 담배를 담으며 매티가 이리저리 왔다 갔다 하는 모습을 바라보았다. 그는 "자네는 올 필요 없어. 내가 직접 데려다줄 거니까." 하고 대답했다.

고개를 외면한 매티의 뺨에 홍조가 떠올랐고, 지나가 갑자기 고개를 드는 것이 보였다.

"여보, 난 당신이 오늘 오후에 집에 있으면 좋겠어." 아내가 말했다. "조섬이 매티를 데려다줄 수 있잖아."

매티가 애원하듯 쳐다보았지만 그는 짧게 "내가 직접 매티를 데려다줄 거야." 하고 거듭 말했다.

지나는 똑같은 차분한 어조로 말을 이었다. "당신은 집에 남아 그 여자애가 오기 전에 매티가 쓰던 방의 난로를 손봐야지. 지금 한 달째 연기가 잘 빠지지 않아."

이선의 목소리가 분노에 차서 높아졌다. "매티가 쓸 수 있었다면 새로 오는 애도 쓸 수 있겠지!"

"그 애 말이, 자기는 늘 커다란 난로를 놓은 집에 있었다는데." 지나가 변함없이 무덤덤한 어조로 나지막하게 대꾸했다.

"그럼 그 앤 그 집에 그냥 남아 있는 편이 좋았을걸 그랬네." 이선이 내뱉듯이 말했다. 그리고 매티에게 고개를 돌리며 퉁명스러운 목소리로 덧붙였다. "매티, 3시까지 준비해. 나도 코베리에 볼일이 있으니까."

조섬 파월이 마구간 쪽으로 향했고, 이선은 화가 잔뜩 나서 그의 뒤를 따라 성큼성큼 걸어 내려갔다. 관자놀이에서 맥박이 고동쳤으며, 두 눈은 뿌예졌다. 어떤 힘이 그를 지휘하는지, 어떤 손과 발이 그 명령을 수행하는지 모른 채 일을 끝마쳤다. 밤색 말을 끌어내 썰매의 앞채 사이로 뒷걸음쳐 세웠을 때에야 비로소 자신이 무얼 하고 있는지 다시 한번 의식하게 되었다. 말 머리에 굴레를 씌우고 썰매 앞채에 밧줄을 감는 동안 플래츠에 아내의 조카를 마중 나가기 위해 썰매를 준비하던 날이 떠올랐다. 겨우 일 년 전으로 대기에 봄날 같은 '기운'이 감도는 그런 따스한 오후였다. 밤색 말이 그때와 똑같은 크고 동그란 눈을 굴리면서 그의 손바닥에 코를 비벼 댔다. 그동안의 모든 날들이 하나하나 떠올라 그의 앞에 있는 듯했다…….

이선은 곰 가죽을 썰매에 훌렁 던지고 자리에 올라가서 집 앞으로 말을 몰았다. 부엌에 들어갔을 때 텅 비어 있었지만 문가에 매티의 가방과 숄이 놓여 있었다. 그는 계단 밑으로 가서 귀를 기울여 보았다. 위층에서는 아무 소리도 들려오지 않았다. 그런데 곧 비워 둔 서재에서 누군가가 움직이는 소리가 들리는 듯했다. 문을 밀어 열어 보니 모자를 쓰고 재킷을 입은 매티가 그에게 등을 돌린 채 책상 옆에 서 있었다.

그가 가까이 다가가자 매티는 깜짝 놀라 재빨리 고개를 돌리며 말했다. "시간이 되었어요?"

"매티, 여기서 뭘 하고 있는 거야?" 그가 물었다.

매티는 수줍어하면서 그를 쳐다보았다. "방을 둘러보고 있었어요…… 그뿐이에요." 그녀가 머뭇거리는 미소를 지으며 대답했다.

두 사람은 말없이 부엌으로 돌아왔고, 이선은 그녀의 가방과 숄을 집어 들었다.

"지나는 어디에 있지?" 그가 물었다.

"아주머니는 점심 식사 후에 곧장 위층으로 올라갔어요. 몸이 다시 쿡쿡 쑤신다면서 방해하지 말라고 했어요."

"네게 잘 가라는 말도 없던?"

"네, 그 말밖에는 없었어요."

부엌을 천천히 둘러본 이선은 이제 몇 시간 뒤면 혼자 이곳으로 돌아오겠구나 하고 전율을 느끼며 혼잣말을 했다. 그러자 비현실적인 느낌이 다시 엄습해 왔다. 매티가 여기 자기 앞에 마지막으로 서 있다는 사실이 믿기지 않았다.

"자, 그럼." 그는 문을 열고 가방을 썰매에 실으며 쾌활하다 싶게 말했다. 자리에 뛰어 올라가 앉은 그는 매티가 자기 옆에 미끄러지듯 앉자 몸을 구부려 담요를 둘러 주었다. "자, 그럼 가자." 그가 외치며 말고삐를 흔들자 밤색 말은 조용히 무거운 걸음으로 언덕을 내려갔다.

"맷, 이제 우리는 신나게 썰매를 탈 시간이 많아!" 이선은 털가죽 밑을 더듬어 그녀의 손을 자기 손안에 꼭 쥐며 소리쳤다. 날씨가 몹시 추운 날 스탁필드의 술집에 들러 한잔한 것처럼 얼굴이 화끈거리고 정신이 아찔했다.

정문에서 이선은 스탁필드를 향하지 않고 오른쪽으로 말

머리를 돌려 베츠브리지 길 쪽으로 올라갔다. 매티는 조금도 놀라는 기색 없이 잠자코 앉았다가 조금 뒤에서야 "섀도폰드로 돌아가는 거예요?" 하고 물었다.

이선은 웃으며 "난 네가 알 줄 알았어!" 하고 대답했다.

매티는 곰 가죽 아래로 좀 더 가까이 다가앉았다. 그래서 이선이 외투 소매 옆으로 고개를 돌려도 그녀의 콧잔등과 바람에 흩날려 물결치는 갈색 머리카락만 보일 뿐이었다. 두 사람은 창백한 태양 아래에서 반짝이는 들판 사이로 천천히 길을 따라 올라갔다. 그러고 나서 전나무와 낙엽송이 늘어선 작은 길을 따라 오른쪽으로 꺾었다. 그들 앞쪽에 저 멀리 검은 반점 같은 산림으로 얼룩진 언덕들이 하늘을 등지고서 둥글고 하얀 곡선을 그리며 물 흐르듯 펼쳐졌다. 작은 길은 오후의 햇빛 아래 나무줄기가 붉은색으로 바뀌고 눈 위에 연푸른 그림자를 던지는 소나무 숲으로 이어졌다. 그 숲으로 들어갔을 때 산들바람이 그치고 따스한 정적이 떨어지는 솔잎과 함께 나뭇가지에서 내려앉는 듯했다. 여기서는 눈이 더없이 깨끗해 숲에 사는 짐승들의 조그마한 발자취도 그 위에 복잡한 레이스 모양을 남겼고, 그 표면에 붙은 푸르스름한 솔방울들은 무슨 청동 장식처럼 서 있었다.

이선은 소나무들이 좀 더 넓게 자리 잡은 숲에 이를 때까지 조용히 말을 몰았다. 그러고 나서 말을 세우고 매티가 썰매에서 내리는 것을 도와주었다. 두 사람은 향기로운 나무 그루터기 사이를 지나갔고, 발밑에서는 눈이 바삭바삭 부서졌다. 마침내 가파른 비탈 사이로 양쪽에 수목이 무성한 조그마한 연못에 다다랐다. 얼어붙은 표면을 가로질러 반대쪽 강둑에는 석양을 등지고 솟은 언덕 하나가 원추형의 그림자를 길게 늘어뜨리고 있었다. 여기서 이 연못의 이름이 생겨났다. 이곳은 이선이 마음속에 느꼈던 것과 같은 말없는 애수로 가득 찬, 수줍음을 타듯 비밀스러운 장소였다.

그는 작은 자갈이 깔린 못가를 아래위로 훑어보다가 반쯤 눈 속에 묻힌 채 쓰러져 있는 나무 그루터기에 눈길이 멈췄다.

"우리가 소풍 때 앉아 있던 곳이야." 하고 그가 매티의 기억을 일깨워 주었다.

이선이 말하는 소풍은 두 사람이 같이한 몇 안 되는 여가 가운데 하나인 '교회 소풍'[39]이었다. 지난여름 긴긴 오후에 이 외딴 곳을 유쾌한 소동으로 채웠던 그 소풍 말이다. 매티가 같이 가자고 부탁했는데 그는 거절했었다. 그러고는 해 질 무렵 산에서 벌목을 하고 내려오다가 그만 뒤처진 친구들한테 붙잡혀서 이 연못가에 있는 사람들한테로 끌려왔다. 이곳에서는 챙이 넓은 모자 아래 얼굴이 나무딸기처럼 반짝거리는 매티가 짓궂은 청년들한테 둘러싸여 모닥불에 커피를 끓이는 중이었다. 초라한 옷을 입고 매티한테 다가가면서 느끼던 수줍음, 그때 빛나던 매티의 얼굴, 여러 사람을 뚫고서 찻잔을 들고 그에게로 오던 매티의 모습이 떠올랐다. 두 사람은 잠시 연못가의 쓰러진 통나무 위에 앉아 있었고, 그러다 매티가 금 목걸이를 잃어버려 청년들을 시켜 찾게 했다. 이끼 속에서 그

---

39) 봄철에 교외에 나가 예배를 보며 소풍을 즐기는 교회 행사.

것을 찾아낸 사람은 이선이었다……. 그게 다였다. 하지만 둘의 모든 교제는 이렇게 뭐라고 말로 표현할 수 없는 섬광 같은 것들로 이루어져 있었다. 이때 그들은 겨울 숲속에서 나비 한 마리를 발견한 것처럼 갑자기 행복을 찾은 듯했다…….

"내가 네 목걸이를 찾은 데가 바로 저기였어." 그는 무성한 딸기 덤불 숲에 발을 밀어 넣으며 말했다.

"전 아저씨만큼 그렇게 눈이 밝은 사람을 본 적이 없어요." 그녀가 대답했다.

매티는 양지 쪽 나무 그루터기 위에 앉았고, 이선도 그 곁에 앉았다.

"분홍색 모자를 쓴 네 모습이 그림같이 예뻤어." 이선이 말했다.

"아, 그 모자요!" 그녀는 기뻐서 활짝 웃으며 대답했다.

두 사람은 지금껏 한 번도 이처럼 상대방에 대한 마음을 드러내 놓고 말한 적이 없었다. 그래서 한순간 이선은 자신이 결혼하고 싶은 아가씨에게 자유로운 몸으로 구애하고 있다는 착각이 들었다. 그 머리카락을 바라보던 이선은 다시 한번 만져 보고, 그녀에게 숲 냄새가 난다고 말해 주고 싶었다. 하지만 그는 그런 말을 할 줄 몰랐다.

갑자기 매티가 일어서서 말했다. "여기에 더 있으면 안 되겠어요."

이선은 꿈에서 아직 깨지 않은 듯 매티를 멍하니 계속 쳐다보았다. "시간은 넉넉해." 그가 대답했다.

두 사람은 상대방의 모습을 빨아들여 간직하려는 듯 서로를 바라보며 서 있었다. 떠나기 전에 할 말이 많았지만 그는 지난여름의 추억을 간직한 이곳에서는 차마 말할 수가 없었다. 그래서 돌아서서 잠자코 매티를 따라 썰매로 왔다. 다시 썰매를 몰고 떠났을 때는 태양이 언덕 너머로 기울었고, 소나무 줄기들이 어느덧 붉은색에서 회색으로 바뀌었다.

들판 사이로 난 꾸불꾸불한 작은 길을 따라 두 사람은 스탁필드의 큰길로 되돌아왔다. 동쪽 언덕 위에 차디찬 붉은빛이 반사되어 확 트인 하늘 아래에는 아직 빛이 환했다. 눈 덮인 수목들은 날개에 머리를 감춘 새들처럼 울퉁불퉁하게 망울망울 한데 모여 있는 것 같았다. 그리고 하늘이 창백해지면서 더 높이 솟아 대지는 더더욱 외로워 보였다.

그들이 스탁필드 길에 들어섰을 때 이선이 물었다. "맷, 어떻게 할 작정이야?"

매티는 잠시 망설였지만 마침내 "가게에서 일자리를 구해 볼래요." 하고 대답했다.

"그런 일 하기 어려운 줄 뻔히 알면서 그런다. 공기도 나쁘고 하루 종일 서 있는 바람에 전에도 크게 고생했잖아."

"스탁필드에 오기 전보다는 몸이 더 튼튼해졌어요."

"그러니까 지금 여기 와서 건강해진 몸을 다시 버리겠다는 거야!"

이 말에 매티는 대답을 찾지 못하는 것 같았다. 두 사람은 다시 아무 말 없이 얼마 동안 썰매를 타고 달렸다. 가는 길마다 그들이 서서 함께 웃거나 말없이 있던 자리가 이선을 움켜잡고 끌어 내리는 듯했다.

"아버지 쪽 친척 중에 너를 도와줄 사람이 없을까?"

"부탁하고 싶은 사람은 아무도 없어요."

이선은 목소리를 낮춰 "내가 할 수만 있으면 너를 위해 못할 일이 없다는 걸 너도 알지!" 하고 말했다.

"네, 알아요."

"하지만 난 못 해……."

매티는 잠자코 있었다. 하지만 이선은 자기에게 기댄 매티의 어깨가 조금씩 떨리는 것을 느꼈다.

"오, 맷." 그가 침묵을 깨뜨렸다. "만약 내가 지금 너하고 같이 갈 수 있다면 그렇게 할 텐데……."

매티는 가슴에서 종이쪽지 하나를 꺼내며 그에게로 몸을 돌렸다. "이선 아저씨…… 우연히 이걸 발견했어요." 그녀가 더듬더듬 말했다. 점점 희미해지는 빛 아래에서도 이선은 그게 전날 밤 아내에게 쓰기 시작했다가 잊어버리고 없애지 않은 편지인 것을 알았다. 놀란 와중에도 강렬한 기쁨의 전율이 흘렀다. "맷……." 그는 부르짖었다. "만약 내가 그렇게 할 수 있다면 넌?"

"아, 이선 아저씨, 아저씨…… 그게 무슨 소용이에요?" 매티는 갑자기 편지를 조각조각 찢어 눈 속으로 날려 보냈다.

"맷, 말해 봐! 말해 보라니까!" 하고 그가 애원하듯 말했다.

매티는 한동안 잠자코 있더니 그가 고개를 숙여야 들을 만큼 나지막한 목소리로 말했다. "달빛이 하도 밝아서 잠을 이룰 수 없는 여름날 밤이면 가끔 그 생각을 했어요."

그의 가슴은 이 달콤한 말에 취해 크게 동요했다. "그렇게 오래전부터?"

매티는 그 날짜가 오래전에 정해졌다는 듯 대답했다. "맨 처음은 섀도폰드에 갔을 때였어요."

"그래서 다른 사람보다 내게 먼저 커피를 갖다줬던 거야?"

"잘 모르겠어요. 제가 그랬나요? 전 아저씨가 저와 함께 소풍을 가지 않으려고 해서 몹시 당황했었어요. 그러다가 막상 아저씨가 길을 따라 내려오는 것을 보고는 일부러 그 길을 거쳐 집으로 돌아가는 게 아닌가 생각했어요. 그래서 기뻤죠."

두 사람은 또다시 침묵에 빠져들었다. 길이 이선의 목재소 옆 골짜기로 내려가는 지점에 이르렀다. 그 길을 따라 내려갈 때 어둠이 육중한 솔송나무 가지에서 검은 면사포처럼 떨어지며 그들과 함께 내려앉았다.

"맷, 난 손발이 꽁꽁 묶였어. 내가 해 줄 수 있는 게 아무것도 없어." 그가 다시 말을 꺼냈다.

"이선 아저씨, 가끔 제게 편지해 주세요."

"아, 편지가 무슨 소용이 있겠어? 난 손을 뻗어 너를 만지고 싶어. 너를 위해 모든 것을 하고, 또 너를 보살피고 싶단 말이야. 네가 아플 때, 네가 외로울 때 같이 있고 싶어."

"아저씨는 제가 잘 지낼 거라는 생각 말고 다른 생각은 절대 하지 마세요."

"그럼 내가 필요 없다는 말이야? 결혼할 생각인 거지!"

"참, 이선 아저씨도!" 그녀가 소리쳤다.

"맷, 어째서 네게 그런 느낌을 받는지 난 잘 모르겠다. 그보다는 네가 차라리 죽는 게 나아!"

"아, 저도 그랬으면 해요. 차라리 그러면 좋겠어요!"매티는
흐느껴 울었다. 그녀의 울음소리에 그에게서 사나운 분노가
사라져 버렸다. 도리어 부끄러운 생각이 들었다.

"우리 그런 말은 하지 말자."그가 속삭였다.

"그게 사실인데 왜 하지 말아야 하죠? 전 하루에도 몇천 번
씩 그렇게 되기를 바라는걸요."

"맷! 입 다물어! 그런 말은 하지 마."

"아저씨 말고는 저한테 친절하게 대해 준 사람이 단 한 사
람도 없었어요."

"그런 말도 하지 마. 너를 위해 손가락 하나 까딱할 수 없는
나야!"

"그래요. 하지만 사실인걸요."

두 사람은 스쿨하우스힐 꼭대기에 이르렀고, 스탁필드는
그들 아래로 황혼 속에 누워 있었다. 작은 썰매 하나가 마을에
서 이 길을 달려 올라와서는 유쾌한 방울 소리를 울리며 그들
을 지나쳤다. 두 사람은 몸을 펴고 굳어진 얼굴로 앞을 바라보
았다. 한길을 따라 집 앞에서 불빛이 비치기 시작했다. 여기저
기 사람들이 문으로 들어가고 있었다. 이선은 채찍을 들어 빠
른 걸음으로 걷도록 밤색 말을 재촉했다.

마을 끝에 이르렀을 때 아이들 소리가 들려왔다. 한 무리의
남자애들이 썰매를 뒤로하고 교회 앞 공터를 가로질러 흩어
지고 있었다.

"하루 이틀이면 이제 애들이 썰매 타는 것도 끝일 거야."이
선이 온화한 하늘을 올려다보면서 말했다.

매티는 아무 말이 없었고, 그가 다시 "우리도 엊저녁에 타기로 했었지." 하고 덧붙였다.

그녀는 여전히 아무런 말을 하지 않았다. 그들의 비참한 마지막 시간을 잘 보내고 싶은 막연한 기대감에 자극받아 이선이 천천히 말을 이었다. "지난겨울에 함께 썰매를 타 본 게 단 한 번밖에는 없으니 이상하지 않아?"

"제가 마을에 내려오는 일이 드물었으니까요." 매티가 대답했다.

"참 그렇지." 이선이 말했다.

그들은 코베리 도로의 꼭대기에 이르렀다. 교회의 희뿌연 불빛과 바넘네 전나무의 검은 커튼 사이로 비탈길이 썰매 하나 없이 그들 앞에 쭉 뻗어 있었다. 어떤 이상야릇한 충동을 느낀 이선이 말했다. "지금 내가 너를 썰매에 태워 내려가면 어때?"

그녀는 억지로 웃었다. "아니, 그럴 시간이 없잖아요!"

"시간은 얼마든지 있어. 자!" 지금 그의 유일한 바람은 플래츠를 향해 말 머리를 돌리는 시간을 늦추는 것뿐이었다.

"하지만 그 아가씨가." 매티가 머뭇머뭇 말했다. "그 아가씨가 정거장에서 기다릴 텐데요."

"뭐, 기다리라고 하지. 그 아가씨가 기다리지 않으면 네가 기다려야 하잖아. 자, 어서!"

그의 목소리에 실린 권위에 매티는 굴복한 것 같았다. 이선이 먼저 뛰어내렸고, 그녀는 그의 도움을 받아 썰매에서 내렸다. 그러면서 조금 망설이는 기색으로 "하지만 어디에도 썰매가 보이지 않는데요." 하고 말했다.

"아니, 있어! 바로 저 전나무 밑에 말이야."

이선은 생각에 잠긴 듯 머리를 떨어뜨리고 길가에 우두커니 서 있는 밤색 말에게 곰 가죽을 덮어 주었다. 그러고 나서 매티의 손을 잡고 썰매가 있는 곳으로 데려갔다.

매티는 순순히 자리를 잡고 앉았고, 그가 그 뒤에 바짝 다가앉았다. 너무 가까이 앉은 탓에 매티의 머리카락이 그의 이마를 스쳤다.

"맷, 준비됐지?" 이선은 그들 사이에 넓은 도로가 가로 놓인 것처럼 크게 소리쳤다.

매티는 그에게 머리를 돌리고는 "너무 캄캄해요. 앞을 잘 볼 수 있겠어요?" 하고 물었다.

이선은 코웃음을 쳤다. "난 이 길을 눈을 감고도 내려갈 수 있어!" 그러자 매티가 그의 배짱이 마음에 든다는 듯 따라 웃었다. 그럼에도 그는 잠시 가만히 앉아서 눈을 크게 뜨고 긴 언덕을 내려다보았다. 저녁 시간 가운데에서도 가장 착각을 일으키기 쉬운 시간이었다. 하늘에서 내려오는 마지막 빛이 점점 다가오는 밤과 흐릿하게 합쳐지기 때문에 경계표와 거리를 잘못 판단하게 만드는 그런 시간이었던 것이다.

"자!" 그가 부르짖었다.

썰매는 껑충 튀어 오르며 출발했다. 그들은 으스름을 뚫고 날아올라 아래로 내려갈수록 더 부드럽게 속도를 높였다. 동굴 같은 밤이 아래에 펼쳐지고 공기는 풍금 소리를 내며 스쳐 갔다. 매티는 손가락 하나 까닥하지 않고 가만히 앉아 있었다.

하지만 커다란 느릅나무가 치명적인 팔꿈치를 내밀고 있는 언덕 기슭의 굽이에 이르렀을 때 그는 매티가 조금 더 가까이 몸을 움츠리는 것이 아닌가 생각했다.

"맷, 겁내지 마!" 그곳을 지나 두 번째 비탈을 내려갈 때 그가 의기양양하게 소리쳤다. 비탈길을 지나 평평한 땅에 이르러 썰매의 속력이 줄어들기 시작하자 매티의 입가에서 기뻐하는 웃음이 작게 흘러나오는 소리가 들렸다.

두 사람은 썰매에서 뛰어내려 언덕을 다시 올라가기 시작했다. 이선은 한 손으로 썰매를 끌고 다른 손으로 매티의 팔을 잡았다.

"저 느릅나무로 돌진하니 겁이 났지?" 그는 어린애 같은 미소를 지으며 물었다.

"아저씨만 같이 있으면 전혀 겁나지 않는다고 말했잖아요." 그녀가 대답했다.

날아갈 듯한 이상한 행복감에 좀처럼 없는 호기가 발동했다. "그렇지만 여기는 위험한 곳이야. 조금만 비껴 났어도 우린 다시는 올라오지 못했을 거야. 하지만 나는 머리카락만큼 정확하게 거리를 가늠할 수가 있지……. 언제나 그럴 수 있단 말씀이야."

매티는 "전 아저씨가 제일 정확한 눈을 갖고 있다고 늘 말했죠……." 하고 중얼거렸다.

별이 뜨지 않은 가운데 황혼과 함께 깊은 정적이 내려앉았다. 그들은 말없이 서로 기대고 있었다. 그러나 한 발자국 한 발자국 올라갈 때마다 이선은 혼잣말처럼 말했다. "이번이 매티와 같이 걷는 마지막 시간이로구나."

두 사람은 천천히 언덕 꼭대기까지 올라갔다. 그들이 교회와 나란히 섰을 때 그는 매티를 향해 머리를 숙이고 물었다. "피곤해?" 그러자 매티는 가쁘게 숨을 몰아쉬면서 "멋졌어요!" 하고 대답했다.

이선은 매티의 팔짱을 끼고 노르웨이 전나무가 있는 곳으로 향했다. "이건 분명히 네드 헤일의 썰매일 거야. 어쨌든 이걸 발견했던 자리에 놓아두도록 하지." 그는 썰매를 바넘네 문간까지 끌고 가 울타리에 기대어 놓았다. 몸을 일으켰을 때 문득 매티가 어둠 속에 아주 가까이 있는 것을 느꼈다.

"여기가 네드와 루스가 서로 입을 맞춘 덴가요?" 매티가 숨을 죽이며 속삭이고는 두 팔을 벌려 그를 껴안았다. 매티의 입술이 그의 입술을 찾아 그의 얼굴을 훑었다. 그는 갑작스러운 행동에 넋을 잃고 그녀를 꼭 안았다.

"안녕히 계세요……. 안녕히 계세요." 그녀가 더듬거리며 말하고는 다시 그에게 입을 맞추었다.

"오, 맷, 난 널 못 보내겠어!" 귀에 익은 외침이 그에게서 터져 나왔다.

매티는 그의 품에서 빠져나왔다. 그녀가 흐느껴 우는 소리가 들렸다. "아, 저도 못 떠나겠어요!" 그녀가 울부짖었다.

"맷, 그럼 어떻게 할까? 어떡하면 좋지?"

두 사람은 어린애들처럼 서로 손을 꼭 쥐고 떨어지지 않았다. 절망적인 흐느낌으로 매티의 몸이 떨렸다.

정적을 뚫고 교회의 시계가 5시를 알리는 소리가 들렸다.

"아, 이선 아저씨, 이제 시간이 됐어요." 매티가 소리쳤다.

그는 다시 매티를 끌어안았다. "무슨 시간이 됐단 말이야? 설마 지금 내가 너를 혼자 보낼 거라고 생각하진 않겠지?"

"기차를 놓치면 전 어디로 가요?"

"기차를 타면 어디로 갈 건데?"

매티는 말없이 서 있었다. 그의 손을 잡은 매티의 손은 차갑고 맥이 풀려 있었다.

"지금 우리가 서로 헤어진다면 어디에 간들 무슨 소용이 있겠어?" 그가 말했다.

매티는 이선의 말을 듣지 못한 것처럼 꼼짝 않고 서 있었다. 그러더니 그의 손에서 자기 손을 홱 빼고는 두 팔로 목을 끌어안고 눈물 젖은 뺨을 갑자기 그의 얼굴에 비볐다. "이선 아저씨! 이선 아저씨! 썰매를 한 번 더 태워 주세요."

"어디로 내려간단 말이야?"

"저 비탈길이요. 어서요." 매티가 숨을 헐떡거리며 말했다. "우리가 다시는 올라오지 못하게 말이에요."

"맷! 도대체 그게 무슨 소리야?"

매티는 다시 한번 그의 귀에 입술을 갖다 대고 말했다. "저 큰 느릅나무로 말이에요. 아저씨는 그럴 수 있다고 했잖아요. 그럼 우린 더 이상 서로 떨어질 필요가 없을 거예요."

"아니, 지금 무슨 말을 하는 거야? 정신 나갔어!"

"정신 나간 거 아니에요. 하지만 아저씨와 헤어진다면 그렇게 될 거예요."

"오, 맷, 맷……." 그가 신음 소리를 냈다.

매티는 그의 목을 감고 있는 두 팔을 더욱 조였다. 그녀의 얼굴이 그의 얼굴에 가깝게 맞닿았다.

"이선 아저씨, 제가 아저씨와 헤어져 어디로 가겠어요? 전 혼자서는 살아갈 방법을 몰라요. 아저씨도 방금 그렇게 말했 잖아요. 아저씨 말고는 제게 친절히 대해 준 사람이 하나도 없 어요. 그리고 집에는 낯선 아가씨가 오고요……. 그 아가씨가 제 침대에서 자겠죠. 밤마다 누워 아저씨가 위층으로 올라오 는 소리를 듣던 그 침대에서……."

이 말에 이선의 심장은 갈기갈기 찢어지는 것만 같았다. 그 와 동시에 자기가 돌아가야 할 집이, 매일 밤 올라가야 할 층 계와 위층에서 자기를 기다릴 여자의 끔찍한 모습이 눈앞에 떠올랐다. 그리고 달콤한 매티의 고백, 자신에게 일어난 일이 매티에게도 일어났다는 사실을 마침내 깨닫게 되자 그 걷잡 을 수 없는 놀라움 때문에 집에 두고 온 다른 광경이 한층 더 끔찍하게 느껴지고 다른 삶으로 돌아가는 것이 견디기 힘들 어졌다…….

짧은 흐느낌 사이로 매티가 애원하는 소리가 들려왔지만 이선은 더 이상 그녀가 무슨 말을 하는지 알아들을 수 없었다. 매티의 모자는 뒤로 젖혀졌고, 그는 매티의 머리카락을 쓰다 듬고 있었다. 그는 겨울 씨앗이 그러하듯 그 촉감이 자신의 손 바닥에서 잠자도록 간직하고 싶었다. 그는 다시 한번 매티의 입술을 찾아냈고, 그래서 그들은 작열하는 8월의 태양 아래 그 연못가에 있는 것 같았다. 그러나 그의 뺨이 닿았을 때 매 티의 뺨은 차가웠고 눈물로 뒤범벅이었다. 밤하늘 아래 플래츠로 가는 길이 보였고, 귓가에 선로를 따라 달리는 기차의 기적 소리가 들렸다.

전나무들이 어둠과 적막으로 그들을 둘러쌌다. 땅속의 관 안에 나란히 드러누워 있는 것 같았다. "아마 이런 느낌일 거야……" 하고 그는 혼자 중얼거렸다. 그러고 다시 "그다음엔 아무런 고통도 느끼지 않겠지……" 하고 중얼거렸다.

갑자기 길 건너편에서 늙은 밤색 말이 조그맣게 우는 소리가 들려왔다. 그는 생각했다. '말이 왜 저녁을 주지 않나 궁금해하는구나.'

"어서요." 매티가 그의 손을 잡아당기며 속삭였다.

매티의 음울한 맹렬함이 그를 압박했다. 그녀는 운명의 사자가 사람의 모습으로 나타난 듯했다. 전나무 그늘에서 탁 트인 투명한 황혼 속으로 나올 때 이선은 마치 밤새처럼 눈을 깜박거리며 썰매를 끌어냈다. 그들 아래쪽으로 펼쳐진 비탈길에는 그림자 하나 보이지 않았다. 스타크필드 사람들은 모두 저녁 식탁에 앉아 있었고, 교회 앞 공터를 지나가는 사람은 아무도 없었다. 해빙을 알리는 듯 구름으로 뒤덮인 하늘이 여름 폭풍우가 쏟아지기 직전처럼 낮게 드리워 있었다. 두 눈을 크게 부릅뜨고 어스름 속을 바라보았다. 눈은 보통 때보다 날카롭지 못하고 잘 보이지 않았다.

이선이 썰매 위에 앉자 매티가 곧바로 그 앞에 자리를 잡았다. 매티의 모자가 눈 속에 떨어져 그의 입술이 그녀의 머리카락에 닿았다. 썰매가 앞으로 미끄러지지 않도록 그는 다리를 쭉 뻗고 발뒤꿈치를 길바닥에 댄 다음 두 손으로 매티의 머리를 뒤로 젖혔다. 그러더니 갑자기 다시 일어섰다.

"일어나 봐." 그가 명령했다.

늘 주의를 기울이던 말투였지만 매티는 자리에서 몸을 웅크리고는 "아니, 아니, 아니에요!" 하고 날카롭게 되풀이해 말했다.

"일어나라니까!"

"왜요?"

"내가 앞에 앉겠어."

"안 돼요. 안 돼! 앞에서 어떻게 조종해요?"

"그럴 필요 없어. 길을 따라갈 거니까."

마치 밤이 엿듣는 것처럼 두 사람은 목소리를 죽이고 조그마한 목소리로 속삭였다.

"일어나! 어서 일어나라니깐!" 그가 매티를 재촉했다. 하지만 매티는 계속해서 "왜 앞에 앉으려는 거예요?" 하고 되풀이해 말했다.

"왜냐하면…… 왜냐하면 네가 나를 안고 있는 걸 느끼고 싶으니까." 그는 말을 더듬거리며 매티를 끌어 일켰다.

매티는 그의 대답이 만족스러웠거나, 아니면 단호한 그의 목소리에 굴복한 듯했다. 이선은 몸을 숙이고 손을 더듬어 어둠 속에서 자신보다 앞서 탔던 사람들이 만들어 놓은 유리처럼 반들거리는 길을 찾아 그 가장자리 사이에 조심스럽게 썰매를 놓았다. 매티는 이선이 썰매 앞쪽에 다리를 꼬고 자리를 잡는 동안 기다렸다. 그런 다음 재빨리 그의 등 뒤에 웅크리고 앉아 두 팔로 그를 꼭 껴안았다. 목에 닿는 그녀의 숨결에 그는 다시 한번 몸을 떨고 뛰어오르다시피 자리에서 일어났다. 하지만 순간적으로 다른 선택지가 뇌리를 스쳤다. 그녀의 말이 옳았다. 이 길이 서로 헤어지는 것보다 나았다. 그는 몸을 뒤로 젖히고 그녀의 입술을 자기 입술로 끌어당겼다…….

두 사람이 막 출발하려는 순간 밤색 말의 울음소리가 다시 들려왔다. 귀에 익은 간절한 부름, 그리고 이 소리가 불러오는 혼란스러운 이미지들이 그를 따라 첫 번째 코스까지 내려왔다. 반쯤 내려가자 가파른 내리막길이었다가 오르막이었고, 그다음에는 또다시 현기증 나는 긴 내리막이었다. 이 길을 날개 돋은 듯 달릴 때 스탁필드가 공간의 한 점처럼 한없이 아래로 떨어지며 그들은 멀리 구름 낀 밤하늘 속으로 날아오르는 듯했다. 이때 그 큰 느릅나무가 눈앞에 불쑥 나타나 굽은 길에서 두 사람을 기다리고 있었다. 그는 이를 악물고 되뇌었다. "우린 할 수 있어. 난 알아, 우리가 할 수 있다는 걸…….'

두 사람이 나무를 향해 질주하는 순간 매티는 두 팔에 더욱 힘을 주었다. 그녀의 피가 그의 혈관 속을 흐르는 것 같았다. 썰매가 한두 번 두 사람 밑에서 살짝 벗어났다. 이선은 몸을 비스듬히 숙여 썰매를 계속 느릅나무 쪽으로 향하게 하면서 "우린 할 수 있어." 하고 거듭 중얼거렸다. 그녀가 한 몇 마디 말들이 그의 머리에서 흘러나와 눈앞의 허공에서 춤을 추었다. 큰 나무가 점점 크게 그리고 가까이 다가왔다. 두 사람이 나무를 향해 돌진하는 순간 그는 생각했다. "저 나무가 우릴 기다리고 있어. 저 나무도 아는 것 같군." 그때 갑자기 뒤틀리고 흉물스러운 생김새를 한 아내의 얼굴이 그와 그 목표물 사이에 나타나 그는 본능적으로 썰매를 옆으로 틀었다. 썰매가 빗나갔지만 다시 한번 방향을 바로잡고는 튀어나온 그 검은 덩어리를 향해 돌진했다. 마지막 순간 대기가 수백만 겹의 불타는 전선처럼 그를 스치고 지나갔다. 그러고 나서 느릅나무……

하늘에 여전히 구름이 짙게 깔려 있었지만 위를 쳐다보니 별 하나가 보였다. 그는 그 별이 천랑성일까, 아니면…… 아니면…… 하며 어렴풋하나마 별을 헤아리려고 했다. 그러다 너무 피곤해져 무거운 눈꺼풀을 닫고 잠을 청해 보려고 했다……. 그 고요함이 정말 깊어 근처 눈 덮인 곳 어디에선가 조그마한 동물이 지저귀는 소리가 들렸다. 그것은 들쥐처럼 나지막한 겁먹은 울음소리를 냈다. 나른한 가운데에서도 그 동물이 다치지 않았는지 걱정되었다. 다음 순간 그는 그것이 고통을 겪고 있음에 틀림없다고 느꼈다. 그 고통이 극심해 신비스럽게도 그것이 그의 몸을 관통하는 느낌이었다. 소리 나는 쪽으로 몸을 움직여 눈 위로 왼팔을 뻗었지만 헛수고였다. 그리고 지금은 그 지저귀는 소리가 들린다기보다 손에 만져지는 느낌이었다. 부드럽고 탄력 있는 그 물체는 그의 손바닥 밑에 있는 것 같았다. 그 동물이 고통을 겪는다는 생각에 그는 견딜 수가 없었다. 몸을 일으키려고 애썼지만 바위나 어떤 거대한 덩어리가 몸을 짓누르고 있는지 뜻대로 되지 않았다. 그렇지만 혹시 그 조그마한 동물을 잡아 도와줄 수 있을지 모른다고 생각하며 계속 왼손으로 조심스럽게 더듬었다. 그러다 갑자기 손에 닿은 부드러운 물체가 매티의 머리카락이고 자기 손이 그녀의 얼굴에 놓여 있다는 것을 깨달았다.

이선은 간신히 무릎으로 몸을 일으켰고, 그가 움직일 때마다 엄청난 무게가 함께 움직였다. 그는 계속해서 매티의 얼굴을 어루만졌다. 작게 지저귀는 소리가 그녀의 입술에서 흘러나오는 느낌이었다…….

그는 얼굴을 그녀의 얼굴에 가까이 숙이고 입에 귀를 갖다 댔다. 어둠 속에서 그녀가 눈을 뜨는 것이 보였고 그의 이름을 부르는 소리가 들렸다.

"오, 맷. 난 우리가 성공했다고 생각했어." 그가 신음 소리를 내며 말했다. 저 멀리 언덕 위에서 밤색 말이 울고 있었다. 그는 생각했다. '말에게 여물을 줘야 할 텐데.' · · · · ·

· · · · · · · · · · · · · · · ·

· · · · · · · · · · · · · · · ·

· · · · · · · · · · · · · · · ·

에필로그

　내가 프롬네 부엌으로 들어가니 투덜거리는 단조로운 목소리가 그쳤습니다. 거기에 앉아 있는 두 여자 중에 누가 불평을 늘어놓은 사람인지 알 수 없었지요.

　나의 등장에 두 여자 중 하나가 키가 크고 뼈가 앙상한 몸을 나를 맞이하기 위해서라기보다는 — 놀란 듯이 나를 힐끗 쳐다보았거든요 — 그저 프롬이 없어 늦어진 식사를 준비하기 위해 자리에서 일어났습니다. 사라사 실내복이 칠칠치 못하게 어깨에서 흘러내렸고, 얼마 안 되는 희끗희끗한 머리카락은 넓은 앞이마부터 뒤로 넘겨 부러진 핀으로 고정해 놓았더군요. 이 여자는 아무 표정이 없고 아무것도 비치지 않는 흐릿하고 불투명한 눈을 가지고 있었습니다. 얇은 입술은 얼굴과 마찬가지로 혈색이 없었습니다.

　다른 여자는 몸집이 훨씬 작고 가냘팠습니다. 난로 옆 안락

의자에 몸을 움츠리고 앉아 있었습니다. 내가 들어가자 재빨리 내 쪽으로 머리를 돌렸지만 몸은 조금도 머리를 따라 움직이지 않았지요. 머리카락은 옆에 있는 여자와 마찬가지로 반백에다 얼굴도 역시 혈색이 없고 시들었지만 호박색을 띠고 있었습니다. 거무스름한 그림자 때문에 콧등이 날카롭고 관자놀이가 움푹 팬 것처럼 보였어요. 볼품없는 옷 밑에서 몸은 무기력하게 움직이지 않았습니다. 검은 눈동자는 척추병 환자에게서 가끔 볼 수 있는 마녀의 눈동자처럼 빛났습니다.

시골이라고 하지만 부엌은 초라해 보였습니다. 검은 눈동자를 가진 여자의 시골 경매장에서 구입한 때 묻은 비싼 유물처럼 보이는 의자를 제외하면 가구는 모두 투박한 것들이었습니다. 소박한 사기 접시 세 개와 주둥이가 떨어져 나간 우유병 하나가 칼자국이 많고 기름때가 낀 식탁 위에 놓여 있었지요. 밀짚을 얹은 의자 두 개, 페인트를 칠하지 않은 소나무 찬장이 초라하게 회벽에 기대어 서 있었습니다.

"어이, 추워라! 불이 거의 꺼진 모양이네." 프롬은 나를 따라 들어오면서 변명하듯 주위를 둘러보며 말했습니다.

찬장 쪽으로 간 키 큰 여자는 우리 쪽을 쳐다보지도 않았습니다. 하지만 다른 여자는 쿠션을 댄 벽감에서 높고 가느다란 목소리로 불평을 늘어놓듯 대답했지요. "난로는 지금 막 피운 걸요. 지나 아주머니는 잠이 들었고, 얼마나 오래 자는지 아주머니를 깨워 난로를 살펴보게 하기 전에 전 그만 얼어 죽는 줄 알았다니까요."

그제야 나는 그 여자가 바로 내가 들어설 때 불평을 늘어놓던 사람이라는 것을 알았습니다.

이 여자와 같이 사는 다른 여자가 찌그러진 낡은 파이 접시에 담긴 먹다 남은 식어 빠진 고기파이를 들고 곧 식탁에 돌아와서는 자기를 향한 비난도 아랑곳없이 식욕이 나지 않는 음식을 내려놓았습니다.

프롬은 여자가 다가오자 머뭇거리며 그 앞에 섰습니다. 그러고는 나를 쳐다보고 말했습니다. "이 사람이 내 아내 지나예요." 조금 간격을 두었다가 그는 안락의자에 앉은 여자를 향하며 "그리고 이쪽은 매티 실버 양입니다……." 하고 덧붙였습니다.

* * *

친절한 헤일 부인은 내가 플래츠에서 길을 잃고 눈더미에 파묻혀 버린 것으로 생각했습니다. 그래서 이튿날 아침에 내가 무사히 돌아온 것을 보고 얼마나 기뻐하던지 내 위험 덕분에 더욱 부인의 총애를 받게 된 느낌마저 들었습니다.

이선 프롬의 늙은 말이 최악의 겨울 눈보라를 뚫고 코베리정션으로 나를 태워다 주고 또 데려왔다는 말을 듣고 헤일 부인과 그 어머니 바넘 부인은 꽤 놀라워했습니다. 말 주인이 나를 데려가 자기 집에서 하룻밤 재웠다는 말을 듣고는 더더욱 놀랐지요.

두 부인의 의아한 감탄 아래 나는 프롬네에서 하룻밤을 지내며 내가 어떤 인상을 받았는지 알고 싶어 하는 은밀한 호기심을 느꼈습니다. 그들의 침묵을 깨뜨리는 가장 좋은 방법은 그들로 하여금 내 침묵을 뚫고 들어오게 하는 것임을 직감했어요. 그래서 나는 당연하다는 투로 대단한 환대를 받았고, 프롬이 지금보다 행복하던 시절 글 쓰는 방, 즉 서재로 꾸민 것 같은 아래층 방에 잠자리를 마련해 주더라고 말하는 정도에 그쳤습니다.

"그래요." 헤일 부인은 생각에 잠긴 듯 말했습니다. "이런 눈보라라면 그이가 당신을 자기 집으로 데려갈 수밖에 없다고 느꼈겠지요……. 하지만 이선 씨에게는 힘든 일이었을 거예요. 이십 년 넘게 낯선 사람이 그 집에 발을 들여놓은 건 당신이 유일해요. 그 사람은 자존심이 대단한 사람이라 심지어 가장 오랜 친구라도 자기 집에 오는 것을 좋아하지 않아요. 나와 의사를 빼놓고는 이제 어느 누구도 그 집을 찾는 사람이 없지요……."

"요즘도 그 집에 가세요?" 내가 용기를 내어 물었습니다.

"그 불행한 일이 일어난 뒤엔 자주 갔어요, 내가 처음 결혼했을 때죠. 그런데 얼마 뒤 우리를 만나는 게 그이들한테는 더 괴로운 일일 거라는 생각이 들었지요. 그다음엔 이 일 저 일이 생기고, 또 내 걱정거리까지……. 하지만 대체로 새해 전후해서, 그리고 여름에 한 번씩은 그 집에 가요. 다만 늘 이선 씨가 어디 가고 집에 없는 날을 택하려고 하죠. 그 집에 두 여자가 우두커니 앉아 있는 모습을 보는 것만도 괴로워요……. 그런데 그 사람이 그 초라한 집을 둘러볼 때 그 얼굴은 정말이지 기가 막힐 노릇이라……. 알다시피 난 그 어머니 시절부터, 그러니까 그이들이 사고를 당하기 전부터 그 집을 기억하지요."

그즈음 나이 든 바넘 부인은 벌써 잠자리에 들었고, 그 딸과 나는 저녁을 먹은 뒤 마미단을 깔아 놓은 단출하고 조용한 객실에 단둘이 앉아 있었습니다. 헤일 부인은 내 추측이 얼마나 근거가 있는지 보려는 듯 나를 슬쩍 쳐다보았지요. 나는 부인이 지금까지 침묵을 지키고 있었다면 그것은 자기 혼자 보았던 무언가를 알아야 할 사람을 몇 해를 두고 기다려 왔기 때문이라고 짐작했습니다.

나에 대한 헤일 부인의 믿음에 충분한 힘이 실리기를 기다린 뒤 나는 말했습니다. "네, 그래요. 세 사람이 함께 우두커니 앉아 있는 모습을 보니 꽤 가슴이 아팠습니다."

부인은 인자해 보이는 이마를 찡그리며 괴로운 표정을 지었습니다. "처음부터 그야말로 끔찍했지요. 그들을 이리로 옮겨 왔을 때 난 이 집에 있었어요……. 사람들은 매티 실버를 당신이 지금 머무는 방에 눕혔어요. 매티와 난 아주 친했고, 그녀가 이듬해 봄에 내 결혼 들러리를 서 주기로 했었지요……. 매티가 조금 정신이 들자 그 곁에서 밤새 같이 지냈어요. 사람들이 매티에게 진정제를 주었어요. 매티는 아침이 될 때까지 아무것도 모르다가 갑자기 제정신으로 돌아왔지요. 그 커다란 눈으로 나를 똑바로 쳐다보고 말했어요……. 이런, 내가 왜 이런 얘기를 전부 당신에게 하고 있는지 모르겠네요." 헤일 부인은 감정이 북받쳐 제대로 말을 잇지 못했습니다.

부인은 안경을 벗어 김을 닦아 내고는 떨리는 손으로 다시 안경을 썼습니다. "소문이 퍼진 건 그 이튿날이었지요." 부인이 계속 말했습니다. "지나 부인이 새로 고용한 아가씨가 오기로 되어 있어 매티를 서둘러서 내보냈다고요. 여기 사람들은 매티와 이선 씨가 기차를 타러 플래츠로 가고 있어야 할 시간에 도대체 왜 그날 밤 썰매를 타고 있었는지 잘 알지 못했지요……. 지나 부인이 무슨 생각을 했는지는 나도 전혀 몰랐어요……. 지금까지도 알 수가 없는 노릇이지요. 하기야 지나 부인의 생각을 아는 사람은 아무도 없어요. 어쨌든 사고 소식을 듣고 곧장 달려와서는 이선 씨를 데려다 놓은 목사님 집에서 같이 머물렀어요. 그리고 의사들이 매티를 옮겨도 괜찮다고 하자마자 사람을 보내 농장으로 다시 데려갔지요."

"그때부터 쭉 그 여자가 그 집에 있었습니까?"

헤일 부인은 "그곳밖엔 아무 데도 갈 곳이 없었으니까요." 하고 짤막하게 대답했습니다. 나는 가엾은 사람들이 겪는 참담한 고통을 생각하고 가슴이 미어지는 듯했습니다.

"그래요, 거기서 쭉 살았어요." 헤일 부인은 계속 말을 이었습니다. "지나 부인이 할 수 있는 한 정성껏 매티를 보살피고 이선 씨를 돌보았어요. 지나 부인이 얼마나 아팠는지를 생각하면 그건 기적이었지요……. 하느님의 은총으로 자리에서 털고 일어난 것 같았어요. 치료를 아주 포기한 것은 아니었지요. 지나 부인도 내내 병치레를 했으니까요. 다만 이십 년 넘게 두 사람을 보살펴 줄 만큼 근력이 세졌어요. 그 사고가 일어나기 전에는 자기 한 몸도 보살필 수 없다고 생각했지만 말이지요."

헤일 부인은 잠깐 말을 멈췄습니다. 나는 부인의 이야기가 불러일으킨 환상에 빠져 잠자코 있었습니다. 그러다가 "그들 모두에게 다 끔찍한 일이군요." 하고 중얼거렸습니다.

"그래요. 꽤 끔찍해요. 그이들은 모두 마음이 넉넉한 사람들이 아니지요. 사고가 나기 전에 매티는 그랬었지만요. 매티보다 더 마음이 너그러운 사람은 본 일이 없어요. 그런데 너무고생을 했어요…… . 사람들이 매티더러 심술궂어졌다고 할 때마다 난 늘 이렇게 말하지요. 그리고 지나 부인으로 말하자면 언제나 시무룩했어요. 매티를 잘 참아 주지 않았다는 말은 아니고요…… . 내 눈으로 똑똑히 보았으니까요. 하지만 가끔씩 두 사람이 서로 말다툼을 해요. 그럴 때 이선 씨의 얼굴을 보면 마음이 아파요…… . 그 모습을 볼 때면 누구보다도 가장 괴로운 사람은 이선 씨가 아닌가 생각하지요…… . 어쨌든 지나 부인은 아니에요, 괴로워할 시간이 없으니까요…… . 그래도 가엾어요." 헤일 부인은 한숨을 지으면서 말을 멈췄습니다. "세 사람이 저 부엌에 갇혀 있다는 게 말이에요. 여름철 날씨좋은 날이면 매티를 객실로 옮기거나 뒤뜰에 옮겨 내놓아요. 이건 비교적 쉬운 일이지요…… . 겨울이 오면 불 피울 일을 생각해야 해요. 프롬 집안은 여윳돈이라고는 한 푼도 없어요."

헤일 부인은 오랜 짐을 벗었다는 듯, 이제 더 이상 할 말이 없다는 듯 길게 숨을 내쉬었습니다. 하지만 불현듯 이야기를 끝내 버리고 싶은 충동에 사로잡혔지요.

헤일 부인은 다시 안경을 벗고 구슬 장식을 한 식탁보를 가로질러 내 쪽으로 몸을 기댄 채 나지막한 목소리로 말을 이었습니다. "그 사고가 일어난 지 일주일쯤 되던 어느 날인가 사람들은 모두 매티가 살아나지 못하리라고 생각했어요. 글쎄요, 어쩌면 살아 있는 게 더 끔찍한 일이지요. 한번은 우리 목사님한테 대놓고 그런 말을 한 적이 있어요. 그랬더니 목사님이 깜짝 놀라시던걸요. 목사님은 매티가 처음 정신이 돌아오던 그날 아침에 나와 같이 계시지 않았거든요……. 난 또 이런 말도 해요. 만약 매티가 죽었더라면 이선 씨는 살았을 거라고요. 지금 모습을 봐서는 농장에서 사는 프롬네 사람들이나 무덤 아래 있는 프롬네 사람들이나 이렇다 할 차이를 모르겠어요. 저 땅 밑에 있는 사람들은 하나같이 말이 없다는 사실을 빼놓고는 말이지요. 그곳에서 여자들은 혀를 꼭 붙들고 있어야 할 테니까요."

감옥으로서의 사회

영어로 작가를 뜻하는 'writer'라는 단어를 보면 남성형만 있을 뿐 여성형이 없다. 글쓰기는 으레 남성의 일이지 여성이 하는 일이 아니었기 때문이다. 그리하여 어쩌다 여성이 이러한 직업을 가질 때는 그 앞에 '여성'이라는 관을 얹어 '여성 작가'라고 부른다. 우리나라를 비롯한 동양 문화권에서도 사정은 크게 다르지 않아서 글 쓰는 직업을 가진 여성을 가리킬 때는 굳이 '여류'라는 표를 달아 남성 작가와 구분 짓는다. 언어학에서는 이러한 현상을 유표화(有表化)라고 부른다. 지금은 사정이 많이 달라졌지만 불과 몇십 년 전만 하더라도 전문직에 속하는 직업치고 '여성'이나 '여류'라고 유표화하지 않는 직업이 거의 없다시피 했다.

미국 문학에서도 여성이 작가로 활약한 것은 비교적 최근 일이다. 물론 너새니얼 호손이 활약하던 19세기 중엽에 여성 작가의 활동이 눈에 띄게 두드러졌다. 독서 인구가 갑자기 늘어나면서 잡지나 책에 대한 욕구가 커졌고, 그러한 대중의 욕구를 충족하려다 보니 자연스럽게 대중 작가가 많이 필요했다. 별로 말이 없고 점잖은 호손이 "이제 미국은 글 나부랭이나 끼적거리는 빌어먹을 여편네들 손에 완전히 넘어가 버렸다."라고 불편한 심기를 드러낸 것만 보아도 이 무렵 여성 작가들의 활약이 무척 대단했다. 그러나 당시 대중 독자의 취향에 영합하지 않고 순수 문학의 길을 걷는 여성 작가는 가뭄에 콩 나듯 찾아보기 어려웠다.

미국 여성 작가들 중에서 순수 문학의 길을 걸은 최초의 작가를 꼽는다면 아마도 이디스 워튼이 첫손가락에 꼽힐 것이다. 19세기 말과 20세기 초에 걸쳐 활약한 이디스 워튼은 미국 문학사에서 본격적인 의미로 '최초의 여성 작가'라고 할 수 있다. 호손이 투덜대던 "글 나부랭이나 끼적거리는 빌어먹을 여편네들"은 지금 미국 문학사에서 까맣게 잊히다시피 했거나, 기껏 문학사의 한구석에 적혀 있거나, 아니면 각주에 갇혀 있다. 가령 수재나 로슨이나 해나 포스터를 기억하는 사람은 그다지 많지 않을 것이다. 미국 문학을 전공하는 사람조차 그들이 한때 베스트셀러 작가로서 이름을 떨쳤던 여성 작가라는 사실을 겨우 기억할 정도다. 그들과 비교해 보면 이디스 워튼은 미국 문학사에서 아마존의 거인처럼 우뚝 서 있다.

더욱이 1970년대 이후 페미니즘의 거센 파도를 타고 이디스 워튼의 작품이 재발견되기 시작하면서 인기는 날로 높아만 간다. 그동안 남성 작가들의 작품에 가려 제대로 빛을 보지 못하던 작품들이 속속 재평가받으면서 학자들과 일반 독자들로부터 관심을 끌고 있다. 이제 이디스 워튼의 작품은 다른 작가들의 작품을 제치고 당당히 미국 문학의 정전의 반열에 올라 있을 뿐 아니라 미국 문학사에서 가장 유명한 여성 작가들 가운데 한 사람이 되었다. 미국 소설가 고어 비달은 "미국 소설가 중에 '주요' 작가라고 할 만한 작가가 기껏 서너 명밖에는 되지 않는데 이디스 워튼은 그 가운데 한 사람이다."라고 잘라 말한다. 그러면서 지금까지는 미국 문학이라는 산에서 헨리 제임스가 이디스 워튼보다 약간 위쪽 봉우리를 차지했지만 이제 동등한 위치를 차지하고 있다고 밝힌다.

1

이디스 워튼이 활약하기 시작한 19세기 말만 하더라도 여성이 작가가 되기는 그렇게 쉬운 일이 아니었다. 특히 워튼처럼 뉴욕시의 상류 사회에서 태어난 경우는 더더욱 그러했다. 워튼이 태어난 존스 가문은 뉴욕의 명문 중에서도 명문으로 이른바 '400'이라고 일컫는 엘리트 집단에 속했다. 이 무렵 상류 사회에서 "존스 가문과 발을 맞춘다."라는 표현이 유행할 정도로 그녀의 집안은 널리 알려져 있었다. 그런데 당시 상류 사회에서는 이 계층에 속한 여성들에게 두 가지를 기대했다. 첫째는 결혼이고, 둘째는 자식을 낳아 어머니가 되는 일이다. 상류 사회 사람들은 여성이 글을 쓰는 것을 요즈음처럼 예술

행위로 생각하는 것이 아니라 오히려 일종의 노동으로 생각했다. 특히 시와 달리 긴 장편 소설을 쓴다는 것은 실제로 육체노동이나 다름없었다. 시 쓰기도 어디까지나 여기(餘技)일 뿐 전문적인 시인이 되면 사정은 달라진다. 이 무렵 상류 사회에 속한 남성이 정치에 손을 대는 것이 '더러운' 일이었듯이 상류 사회의 여성이 작가가 되는 것도 손에 잉크를 묻히는 '더러운' 일이었다. 한마디로 워튼이 속한 상류 사회의 '귀부인'은 문학가가 되지 않는 것이 일반적인 관습이었다.

일찍이 독서로 시간을 보내며 예술 세계에 처음 눈을 뜬 이디스 존스는 문학에 깊은 관심을 보이기 시작했다. 열네 살 때 중편 소설을 썼고, 열여섯 살 때 이미 시집을 출간했으며, 이 무렵에 윌리엄 딘 하우얼스가 편집하는 잡지 《애틀랜틱 먼슬리》에 시 한 편을 싣기도 했다.

이디스 존스가 문학 활동에 깊은 관심을 나타내는 것을 걱정한 어머니는 딸을 일찌감치 사교계에 데뷔시켰다. 그리하여 1885년 스물세 살의 나이로 이디스는 열세 살 연상인 에드워드 워튼과 결혼한다. 개를 사랑하고 여행을 좋아한다는 한두 가지 공통점을 빼면 두 사람은 모든 점에서 그야말로 하늘과 땅만큼이나 달랐다. 이디스가 고도의 예술가적 심미안을 지닌 지식인이라면, 에드워드는 사냥과 낚시를 즐기는 야인이었다. 둘의 결혼은 초기부터 순조롭지 못했지만 이디스 워튼은 이십여 년을 버티다가 마침내 1913년 이혼하기에 이른다. 요즈음과는 달라서 이혼은 특히 여자 쪽에 크나큰 스캔들이자 치명적인 오점이 되었다.

어니스트 헤밍웨이는 작가에게 더할 나위 없이 좋은 교육은 불행한 유년 시절이라고 말한 적이 있다. 그러나 작가가 되는 교육으로 말하자면 불행한 결혼도 불행한 유년 시절 못지않게 중요하다. 이 무렵 여성으로서 이디스 워튼이 보기 드물게 작가로 성공을 거둘 수 있었던 것은 불행한 결혼 때문이라고 해도 크게 틀리지 않을 듯하다. 남이나 다를 바 없는 남편과 살면서 이디스 워튼은 시간과 정력을 오직 글을 쓰는 데 바쳤다. 불행한 결혼 탓에 긴장과 스트레스로 인한 신경 질환을 앓던 이디스는 의사로부터 좀 더 진지하게 소설을 써 보라는 권고를 받았다. 그리하여 작품 집필에 전념함으로써 심리적 부담에서 벗어나 마음껏 창조력을 발휘할 수 있었다. 이혼을 전후해 이디스 워튼은 뛰어난 작품을 많이 썼다.

이디스 워튼은 이렇게 창작에 전념하기 전만 하더라도 작가로서 별로 주목을 받지 못했다. 물론 이 무렵에도 시를 비롯해 단편 소설과 장편 소설을 많이 출간했다. 그러다 1904년부터 잡지에 연재를 한 뒤 그 이듬해 단행본으로 출간한 『환락의 집』이 베스트셀러가 되면서 처음으로 작가로서 관심을 받기 시작했다. 더구나 1910년 파리에 삶의 터전을 마련한 워튼은 이 무렵 미국을 떠나 유럽에서 살던 헨리 제임스를 만나면서 더욱 창작에 박차를 가하게 된다. 미국 문학에 심리적 리얼리즘 전통을 처음 세운 제임스는 미국 소설의 대가로서 융숭한 대접을 받고 있었다. 그와 교류하면서 워튼은 직접 간접으로 많은 영향을 받았다. 제임스와 친분을 맺은 것을 두고 언젠가 워튼은 "내 인생의 자부심이요 명예"라고 밝힌 적이 있다.

이 밖에도 스콧 피츠제럴드, 어니스트 헤밍웨이, 싱클레어 루이스, 앙드레 지드, 장 콕토 같은 작가들과 가깝게 지내면서 예술적 자양분을 주고받았다.

이디스 워튼은 미국 문학사에서 다작을 한 몇 안 되는 사람 가운데 하나로 꼽힌다. 서른다섯 살에 첫 단편집을, 마흔 살에 첫 장편 소설을 출간하는 등 비교적 뒤늦게 본격적인 작가로 데뷔했지만 왕성한 작품 활동을 했다. 장편 소설과 단편 소설을 비롯해 시, 에세이, 기행문, 회고록, 심지어 실내 장식에 관한 책에 이르기까지 마흔 권이 넘는 책을 출간했다. 장편과 중편과 단편을 통틀어 단행본으로 출간한 소설 작품만도 무려 서른한 권에 이른다. 몇십 년 전처럼 타자기로 작품을 쓰거나 요즈음처럼 PC로 글을 쓴 것도 아니고 직접 손으로 종이에다 글을 써야 했다는 점을 생각하면 참으로 엄청난 양이다. 특히 워튼은 침대에 앉아 원고를 써서 꽃잎처럼 방바닥에 흩뿌리면 바닥에 앉은 비서가 그것을 주워 모았다고 한다.

이렇게 미국 문학에서 많은 장르에 걸쳐 다작한 작가로는 이디스 워튼 말고 19세기 말과 20세기 초에 걸쳐 활약한 윌리엄 딘 하우얼스 정도다. 앞에서 언급한 『환락의 집』이외에 『이선 프롬』, 『산호초』, 『그 고장의 풍습』, 『여름』, 『순수의 시대』 등은 워튼의 대표작으로 평가받는다. 이 중 맨 마지막 작품은 1921년에 여성으로서는 처음으로 퓰리처상을 받는 영예를 안았다. 그 이듬해에는 예일 대학교로부터 역시 여성으로서는 처음으로 명예문학박사 학위를 받았다.

2

이디스 워튼의 작품 가운데 '현대의 고전'의 반열에 오른
『이선 프롬』은 워튼의 문학을 대표할 수 있는 작품이다. 미국
중고등학교 독서 목록에 약방의 감초처럼 꼭 끼고, 대학에서
문학을 전공하는 학생은 말할 것 없고 인문학이나 일반교양
을 위한 교과 목록에서도 늘 빠지지 않는다. 미국 소설가 애니
타 슈리브는 이 작품을 스무 번 이상 읽었으며 읽을 때마다 언
제나 새로운 감명을 받는다고 밝혔다. 그러면서 자신이 작가
가 되기로 마음먹은 것도 다름 아닌 이 작품 때문이었고, 작품
을 쓸 때마다 의식적이건 무의식적이건 『이선 프롬』과 경쟁을
벌인다고 털어놓았다.

그러나 이 작품은 처음 출간되었을 때 몇몇 비평가로부터
주목을 받았을 뿐 일반 독자들에게는 별로 관심을 받지 못했
다. 초기 서평을 쓴 비평가 역시 작품의 문학적 기교를 높이
사면서도 작가가 다루는 소재에 대해서는 '소름 끼칠 만큼 끔
찍한' 작품이라고 부정적인 태도를 보이기 일쑤였다. 가령
《새터데이 리뷰》는 "우리가 차라리 이 책을 읽지 않았으면 좋
았을 것이다."라고 평했다. 《북먼》도 "이 책이 너무나 가혹해
서 워튼을 용서하기 어렵다."라고 밝혔다. 비평가 가운데에는
이 소설을 '비도덕적으로 급진주의적인' 작품으로 평가하는
사람들이 있는가 하면, 오히려 '도덕적으로 보수주의적' 성향
을 드러내는 작품이라고 낙인을 찍는 사람들도 있었다. 그러
나 비평가들의 평가와 관계없이 이디스 워튼은 이 작품에 대

해 자신이 있었다. 서평을 한 비평가들에 대해 워튼은 "그들은 이 작품이 왜 좋은지 알지 못한다. 그러나 이 작품이 좋다고 판단한다는 점에서는 옳다."라고 밝혔다.

『이선 프롬』은 작가가 사망하기 일 년 전, 그러니까 작품이 출간된 지 이십오 년이 지나서야 비로소 일반 독자들로부터 관심을 끌기 시작했다. 이렇게 그 가치를 새롭게 인정받은 데에는 1936년 오언과 도널드 데이비스가 이 소설을 희곡으로 각색해 연극 무대에 올린 것이 한몫을 톡톡히 했다. 연극은 뉴욕에서 크게 히트한 뒤 미국 전역을 돌며 순회공연을 했다.

이디스 워튼은 참으로 우연하게 『이선 프롬』을 썼다. 뉴욕시에서 태어났지만 어려서부터 주로 유럽에서 생활한 워튼은 한때 프랑스 파리에 머물면서 프랑스어를 배웠다. 프랑스어 가정 교사가 프랑스어로 글을 써 보라는 제안을 했고, 워튼은 연습 삼아 프랑스어로 글을 쓰기 시작했다. 그런데 일기나 저널 같은 일상적 경험보다 아무래도 줄거리가 있는 이야기를 쓰는 것이 훨씬 더 흥미롭다고 생각해 미국 뉴잉글랜드 시골에 사는 한 농부의 기구한 삶을 적기 시작한다. 바로 『이선 프롬』이 탄생하는 순간이었다. 이때 시골 농부의 이름은 '하트' 였고, 불평만 늘어놓는 아내의 이름은 '애나'였지만, 애나의 친척으로 하트가 사랑하게 되는 젊은 여성의 이름은 출간된 소설에서처럼 '매티'였다. 그로부터 칠 년 뒤 워튼은 이 글을 다시 영어로 고쳐 쓰기 시작했다. 세계 문학사를 보면 이렇게 의지의 산물이라기보다 오히려 우연의 산물이라고 할 예술 작품이 많다는 데 새삼 놀라게 된다. 물론 이 우연이라는 것도 좀 더 따져 보면 필연의 결과요 의지와 피나는 노력의 결과인 경우가 적지 않다.

영국의 소설가 D. H. 로런스는 작가는 원고지 위에 피를 쏟아 놓는다고 말한 적이 있다. 모든 문학 작품에는 직접 간접으로 작가의 삶이 녹아 있게 마련이라는 뜻이다. 어쩌다 책을 읽거나 남한테 얻어들은 이야기로 작품을 쓰는 경우도 없지 않지만 그러한 작품에서는 어딘지 모르게 인공 감미료 같은 달짝지근한 맛이 난다. 설탕이나 꿀같이 끈적끈적한 맛은 역시 작가가 직접 체험한 소재로 작품을 쓸 때 비로소 느낄 수 있다. 훌륭한 문학 작품을 보면 보편성을 띠지만 작가 자신이 겪은 구체적인 체험이 밑바탕이 되는 경우가 생각 밖으로 많다.

이디스 워튼의 작품이 흔히 그렇지만 특히 『이선 프롬』에서는 작가의 체취가 물씬 풍긴다. 어찌 보면 이 작품은 작가 자신의 내적 삶을 그대로 옮겨 놓았다고 해도 크게 틀리지 않다. 이 점에서 워튼의 문학뿐 아니라 미국 문학에서도 가장 자전적인 성격이 짙은 작품이라고 할 수 있다. 앞에서 이미 밝혔듯이 이디스 워튼의 결혼 생활은 처음부터 행복하지 못했다. 남편 에드워드 워튼은 신경 질환을 앓는 데다 때로는 거의 정신병에 가까운 증세를 보였다. 아내가 문학가로서 명성을 얻으면 얻을수록 질투심도 그만큼 커졌다. 심지어 이디스는 차라리 남편이 죽기를 바랄 정도였다고 하니 두 사람의 관계가 과연 어떠했는지 쉽게 짐작할 수 있다. 더구나 남편이 외도를 하자 이디스가 받은 충격은 무척 컸다. 질식할 것 같은 결혼 생활에서 벗어나기 위해 한때 미국의 젊은 저널리스트 모턴 풀러턴과 삼 년여 동안 연인으로 지내기도 했다. 이디스 워튼의 이러한 행동은 아직 청교도 정신이 살아 숨 쉬는 미국 사회에서 큰 스캔들이 되었다.

그리하여 이디스 워튼의 친구이자 하버드 대학교의 미술사 교수였던 찰스 엘리엇 노턴은 워튼에게 "어떤 위대한 문학 작품도 이제까지 부정한 정열에 기초를 둔 적이 없다."라고 잘라 말했다. 노턴 같은 도덕적으로 엄격한 사람들에게 비록 남편의 외도 때문이라지만 워튼의 혼외정사는 그야말로 '용서받지 못할 죄'에 해당할 것이다. 그러나 노턴은 문학을 지나치게 도덕과 윤리의 규범에 얽매어 놓는다는 혐의를 면하기 어려울 듯하다. 문학은 도덕과 윤리를 전달하는 것과 다른 그 나름대로의 임무와 기능을 지니기 때문이다. 그것은 문학이 정치적 이데올로기의 시녀가 될 수 없고 사회적 메시지의 도구가 될 수 없는 것과 같은 이치다. 문학을 비롯한 예술 작품에서는 비도덕적이고 비윤리적인 소재를 다루느냐가 아니라 그 소재를 얼마나 설득력 있게 예술 작품으로 형상화하느냐가 중요한 잣대가 되어야 한다. 아무리 비도덕적이고 비윤리적인 소재라 할지라도 독자들에게 얼마든지 도덕과 윤리를 심어 줄 수 있다. 가령 귀스타브 플로베르의 『마담 보바리』도 레프 톨스토이의 『안나 카레니나』도 부도덕하고 비윤리적인 불륜의 사랑을 다루지만 지금까지 많은 독자들에게 큰 감명을 주어 왔다.

어찌 되었든 『이선 프롬』을 읽노라면 작가 자신의 삶이 눈앞에 자주 어른거린다. 가령 이디스와 에드워드가 거의 평생에 걸쳐 신경 쇠약증을 비롯한 질병에 시달린 것처럼 작중 인물들도 온갖 질병에 시달린다. 더구나 주인공 이선 프롬의 불행한 결혼과 그것으로부터 벗어나려는 몸부림이 작가의 삶과 비슷하다. 주인공 이선 프롬은 작가 자신이고, 아내 지나 프롬은 작가의 남편 에드워드이며, 매티 실버는 모턴 풀러턴인 셈이다. 이디스 워튼은 남녀의 역할만 살짝 바꿔 놓았을 뿐 불행한 결혼 생활을 둘러싼 경험을 이 작품에 거의 그대로 옮겨 놓는다.

이디스 워튼은 자신의 비극적인 결혼 생활 말고도 뉴잉글랜드 지방을 여행하면서 듣고 본 실제 이야기를 이 작품의 소재로 빌려 왔다. 매사추세츠주 서쪽에 위치한 레녹스 지방을 좋아한 워튼은 40헥타르가 넘는 넓은 땅을 구입해 그곳에 '마운트'라는 저택을 지었다. 뉴욕주와 매사추세츠주 경계인 버크셔산맥에 위치한 레녹스는 너새니얼 호손과 허먼 멜빌이 한때 살면서 작품 활동을 하던 산간 지방이다. 이 지방에서 한번은 젊은이들이 썰매를 타다 사고가 나 열여덟 살 된 처녀는 그 자리에서 사망하고 두 사람이 크게 부상을 입은 사건이 있었다. 워튼은 이 사건에서 살아남은 희생자 중 한 사람을 직접 만난 적이 있다. 워튼이 다른 어떤 작품보다도 이 작품을 쓰면서 "가장 큰 즐거움과 가장 큰 편안함"을 느꼈다고 털어놓는 것을 보면 이 소설이 자신의 삶과 떼려야 뗄 수 없을 만큼 깊이 연관되어 있음에 틀림없다.

그런데도 몇몇 비평가들은 이디스 워튼이 『이선 프롬』에서 작가 자신이 잘 알지도 못하는 세계를 다루었다고 비판한다.

시골 지방과 그곳에 사는 교육을 제대로 받지 못한 사람들은 이디스 워튼이 태어나고 자라난 상류 사회와 너무나 동떨어진다는 것이다. 심지어 한 비평가는 이 작품을 두고 "뉴잉글랜드에 대해 아무것도 알지 못하는 누구인가가 성공적으로 쓴 뉴잉글랜드의 이야기를 보여 주는 흥미로운 예"라고 평했다. 이 서평을 읽고 이디스 워튼이 적잖은 충격을 받았음은 두말할 나위가 없다.

이디스 워튼은 비록 뉴욕의 상류 사회 출신이지만 이 작품에서 버크셔 산간 지방의 삶을 단순히 관념적으로 그리지 않았다. 이러한 서평을 의식한 듯 1922년에 쓴 서문에서 워튼은 방어적인 말투로 "나는 내가 상상력으로 창조한 스탁필드와 똑같은 군에 거처를 마련하기 오래전부터 뉴잉글랜드 마을의 삶에 대해 어느 정도 알고 있었다. 그러나 그곳에 살면서 어떤 모습들을 훨씬 더 친근하게 느끼게 되었다."라고 밝혔다. 회고록 『뒤를 돌아보는 시선』에서도 "나는 『이선 프롬』의 배경으로 삼은 뉴잉글랜드의 구릉 지방에서 십 년을 보낸 뒤에 이 작품을 썼다. 이 기간에 구릉 지방 사람들의 모습과 방언, 그리고 정신적, 도덕적 태도를 잘 알게 되었다."라고 말한다. 오히려 워튼은 메리 윌킨스 프리먼이나 새라 온 주잇 같은 지방색 작가들이 뉴잉글랜드의 모습을 실제와 다르게 '장밋빛으로' 아름답게 과장해 묘사한다고 비난한다.

여기서 문제가 되는 것이 작가와 작품의 관계다. 한 작가가 작품에서 그리는 작중 인물들의 삶이나 배경이 작가 자신의 삶과 반드시 일치할 필요는 없다. 가령 제임스 페니모어 쿠퍼는 프랑스 파리에서 미국 원주민 인디언들과 미개척 황무지를 다룬 '레더스토킹' 연작 소설을 집필했다. 윌라 캐더도 편안한 뉴욕 시내의 아파트에서 네브래스카주의 황무지에서 삶과 싸우는 이민자들의 모습을 썼다.

워튼 또한 세계 유행을 주도하는 파리에서도 가장 귀족적이라고 할 생제르맹에 살면서 이 작품을 썼지만 뉴잉글랜드 시골 농가에서 쓴 그 어느 작품보다 설득력이 있다. 워튼이 이 소설에서 무엇보다 관심을 기울이는 것은 작중 인물들의 외형적인 삶의 모습이 아니라 어디까지나 심리 상태다. 그들의 심리 상태에 대해 워튼은 누구보다 잘 알고 있었다. 이 점과 관련해 엘리자베스 애먼스는 이 작품에서 "죄의식, 분노, 공포, 그리고 강렬한 질투는 예측할 수 없고 금지된 환희와 함께 가장 밀접한 관계를 맺고 있는 사람들에게 영향을 끼친다."라고 지적했다.

3

위대한 문학 작품이 으레 그렇듯이 『이선 프롬』도 비록 작가 자신의 개인적 삶에서 그 소재를 취했지만 다루는 주제는 좀 더 보편적인 삶의 문제, 윌리엄 포크너의 말을 빌린다면 '서로 갈등하는 인간의 마음' 문제라고 할 수 있다. 이디스 워튼은 자신의 예술관을 밝히는 자리에서 "모든 위대한 소설은 무엇보다도 도덕적 가치에 대한 깊은 의식에 기초를 두어야

하며, 그다음에는 고전적인 통일성과 경제적인 수단에 따라 구성되어야 한다."라고 말했다. 워튼의 입에서 '도덕석 가치에 대한 깊은 의식'을 운운하는 말이 나오는 것이 언뜻 위선적인 자기모순처럼 보일지도 모른다. 그러나 좀 더 따져 보면 워튼의 작품은 그 나름대로 도덕과 윤리에 대한 비전을 제시하고 있음이 밝혀진다.

이 작품은 플롯에서 볼 수 있듯이 가능성과 잠재력을 가진 한 젊은이가 주어진 환경의 힘에 무참히 파괴되는 모습을 다룬다. 이선은 그가 원하던 엔지니어나 화학자가 될 충분한 자질과 능력을 지니고 있었다. 그러나 그 꿈과 이상을 실현하기에는 그를 둘러싼 환경이 너무 가혹했다. 그는 결국 외부적 힘이라는 덫에 걸린 채 '낡은 폐선'처럼 살게 된다. 앨프리드 케이진이 "『이선 프롬』은 저항할 수 없는 필연성의 드라마로 독자들을 압도한다."라고 말하는 까닭이 여기에 있다.

이 점에서 볼 때 『이선 프롬』은 자연주의 전통에 굳건히 발딛고 서 있는 작품이다. 19세기 말부터 찰스 다윈이나 줄리언 헉슬리 같은 생물학자들과 허버트 스펜서 같은 사회학자들이 미국 소설가들에게 영향을 끼치기 시작했다. 이디스 워튼은 유럽에 살면서 이러한 자연주의 사상을 어느 누구보다 먼저 호흡했다. 자연주의 문학 전통에서는 인간의 자유 의지보다 결정론을 설득력 있는 세계관으로 받아들인다. 자연주의자들은 인간의 행동이란 하나같이 유전과 환경에 따라 이미 결정되어 있다고 본다. 이렇게 생물학적으로나 사회 경제적으로나 제약을 받는 인간은 아무리 발버둥 쳐도 결국 세찬 바람에 이리저리 나부끼는 가랑잎같이 무력할 수밖에 없다. 자기 힘으로 제어할 수 없는 외부의 힘에 움직이는 인간은 한낱 가엾은 희생자일 따름이다. 자연주의에 늘 염세주의라는 꼬리표가 붙어 다니는 것은 이 때문이다.

이선 프롬의 삶은 유전 같은 생물학적 결정론과 함께 환경 같은 사회 경제적 결정론의 영향을 받는다. 이선 프롬은 한때 매티 실버와 함께 서부로 도망가 그곳에서 새로운 삶의 터전을 마련하려고 생각한다. 그가 사는 곳에서 멀지 않은 이웃 마을에는 실제로 그렇게 하여 성공한 사람도 있다. 그런데 이선이 좀 더 적극적으로 삶을 개척하지 못하는 것은 이미 프롬 집안의 기질을 물려받았기 때문이다. 성격이 곧 운명이라는 말이 있듯이 이선에게는 프롬 가문의 기질이 곧 그의 운명이 된다. 어느 날 밤 매티 실버와 함께 농장으로 돌아오던 이선은 집 근처 가족 묘지에서 조상의 묘비에 새겨진 비문을 읽고 선조가 대대로 살아온 스탁필드를 벗어나 서부에서 새로운 삶을 개척하는 것은 이룰 수 없는 한낱 헛된 꿈임을 깨닫는다.

그러나 이선의 삶은 유전 같은 생물학적 요인보다 환경 같은 사회 경제적 요인의 영향을 훨씬 크게 받는다. 아버지가 농장에서 일하다 정신 착란을 일으켜 일찍 사망하는 것도, 그 뒤를 이어 어머니가 비슷한 병으로 사망하는 것도, 아내 지나마저 질병에 시달리는 것도 이선의 자유로운 행동에 걸림돌이 되는 요인이다. 이선의 전 재산이라고 할 척박한 농장과 목재소로는 식구들이 겨우 입에 풀칠할 정도밖에 되지 않는다.

주인공을 압박하는 환경은 비단 가정에 그치지 않고 그가 사는 마을 전체로 이어진다. 이 소설의 지리적 배경인 '스탁필드(Starkfield)'는 그 이름에 걸맞게 을씨년스럽고 황량하고 척박하다. 대부분의 뉴잉글랜드 지방이 그러하듯이 유난히 겨울이 길고, 겨울에는 강풍과 함께 눈보라가 휘몰아치며, 흰 눈이 대지를 덮는 척박한 땅이다. 일 년 중 절반 정도가 겨울이나 다름없는 이곳에서의 삶이 고단하고 힘든 것은 불을 보듯 뻔하다. 앞에서 프롬 집안의 기질이 곧 운명이라고 밝혔지만 이러한 물리적 환경도 이선에게는 운명과 다름없다. 차가운 한겨울의 냉기가 이선을 비롯한 주민들의 뼛속 깊이 스며들면서 생각과 행동에 알게 모르게 영향을 끼친다.

『이선 프롬』에는 다른 자연주의 소설가들한테서는 좀처럼 볼 수 없는 또 다른 요인이 있다. 한때 청교도주의라는 이름으로 뉴잉글랜드를 휩쓴 칼뱅주의가 그것이다. 겉으로 잘 드러나지 않지만 좀 더 꼼꼼히 읽어 보면 칼뱅주의가 작중 인물들에게 적잖이 영향을 미친다는 사실을 알게 된다. 이선과 지나, 매티를 둘러싼 삼각관계의 드라마는 장 칼뱅의 예정설을 염두에 둘 때 좀 더 쉽게 이해할 수 있다. 잘 알려진 바와 같이 칼뱅은 인간이 이 세상에 태어날 때 이미 천국에 갈 사람과 지옥에 갈 사람이 정해져 있다고 주장했다. 그에 따르면 자유 의지를 가지지 않은 인간은 오직 하느님의 선택에 따라 천국에 들어갈 따름이다. 이선이 매티와 함께 서부로 도피해 새로운 삶을 시작했다고 해도 행복을 보장할 수는 없다. 어쩌면 매티는 제2의 지나가 되어 이선을 괴롭히게 될지도 모른다. 썰매 사건으로 척추를 다친 매티는 지나처럼 되어 불평을 늘어놓고 오히려 어느 정도 건강을 회복한 지나가 매티를 돌보는 마지막 장면은 이 점을 뒷받침한다.

자연주의 문학에서는 자유 의지를 인정하지 않는 탓에 인간에게 도덕이나 윤리에 대한 책임을 묻지 않는다. 오직 생물학적 본능과 충동에 따라 행동한다는 점에서 인간은 다른 동물과 크게 다르지 않기 때문이다. 밝은 햇빛 쪽으로 줄기를 뻗는 향일성 식물처럼 인간도 편하고 아름답고 즐거운 쪽으로 마음이 기울게 마련이다. 이선보다 무려 일곱 살이나 위인 지나는 벌써 틀니를 했고 얼굴에는 광대뼈가 튀어나왔으며 여기저기 주름살이 잡혔다. 게다가 질병 때문이기는 하지만 이선에게 늘 불평만 늘어놓는다. 한마디로 아무리 눈을 씻고 찾아보아도 어떤 매력을 발견하기 힘들다.

이선이 할머니가 되다시피 한 지나를 멀리하고 젊고 건강한 매티 실버를 좋아하는 것은 자연적 본능이라는 관점에서 보면 지극히 당연한 일이다. 매티가 지나를 돌보며 함께 살려고 온 것은 마치 "식은 난로에 다시 불을 지피는" 것과 같았다. 오죽하면 매티와 함께 밤늦게 집에 돌아올 때 문 앞에 매달린 말라비틀어진 넝쿨 한 줄기를 보고 이선은 은근히 그것이 지나를 위한 상장(喪章) 리본이기를 기대할까. 또한 지나의 안전을 걱정하기보다 부랑배들이 집에 침입해 그녀를 위협했기를 기대하는 눈치다. 적어도 이 점에서 이선은 무의식으로 지나에 대해 '정신적 살인'을 범하고 있다고 해도 크게 틀리지 않을 듯하다.

4

『이선 프롬』이 자연주의 전통 위에 서 있지만 그렇다고 이 작품에서 자연주의 요소를 지나치게 강조하는 것은 바람직하지 못하다. 이디스 워튼은 동시대에 미국 문단에서 활약한 시어도어 드라이저나 프랭크 노리스와는 조금 다르다. 워튼은 "작가가 해야 할 일은 무엇보다도 상황이 작중 인물들로부터 무엇을 만들어 낼지 묻는 것이 아니라 작중 인물들이 주어진 처지에서 상황으로부터 무엇을 만들어 낼지를 묻는 것이다." 라고 밝혔다. 작가는 유전이나 환경 같은 외부적 힘보다 개인의 자유 의지를 중요하게 생각해야 한다는 말이다. 워튼은 인간을 단순히 유전과 환경의 힘에 따라 움직이는 꼭두각시로만 보지 않는다. 그녀에게 삶이란 그렇게 장밋빛은 아니지만 칠흑 같은 한밤중도 아니다.

오히려 이디스 워튼이 이 작품에서 다루는 문제는 미국 문학의 중요한 주제 가운데 하나라고 할 개인과 사회의 갈등이다. 한 개인이 사회 또는 공동체와 빚는 갈등은 17세기 초 청교도가 신대륙에 도착할 때부터 가히 포스트모더니즘 시대라고 할 21세기에 이르기까지 미국 문학 전통에서 면면히 계승되어 온 주제다.

워튼의 다른 작품에 등장하는 주인공과 마찬가지로 이선 프롬도 사회 제도나 규범, 도덕적 인습이나 윤리적 전통과 맞서 싸우는 개인의 처절한 모습을 다룬다. 워튼의 작품에서 주인공들은 하나같이 인습이나 전통이라는 집단적 압력에 맞서 다가 희생된 사람들이다. 정열적이거나 상상력이 풍부한 영혼을 지닌 주인공들은 폐쇄적인 제도에 갇힌 채 사회라는 감옥에 머리를 부딪쳐 자신을 파멸시키거나 스스로 감옥에 자신을 맡겨 버림으로써 이른바 '삶 속의 죽음' 또는 '죽음 속의 삶'을 살아간다. 이렇듯 이선에게 사회 또는 공동체는 창조적인 개인을 가두어 두는 한낱 감옥에 지나지 않는다.

이 감옥은 작가가 작품 전체를 통해 일관성 있게 관심을 기울이는 이미지 가운데 하나다. 작가는 개인의 자유를 억압하는 사회의 인습과 전통을 흔히 감옥의 이미지로 표현한다. 작품 첫머리에서 화자는 날마다 우체국에 찾아오는 이선 프롬을 두고 "오히려 사람들의 이목을 끈 것은 걸음을 옮길 때마다 절룩거리는 다리가 덜컹대는 쇠사슬처럼 제지하는데도 태평스럽고 강렬한 그 얼굴이었습니다."라고 말한다. 화자는 이선이 절룩거리며 걷는 모습을 죄수처럼 발목에 족쇄가 채워진 것에 빗댄다. 또 다른 장면에서는 "엄연한 현실이 마치 교도관이 죄수에게 수갑을 채우듯 그를 압박했다."라고 말한다. 그런가 하면 또 다른 장면에서 이선은 매티에게 "맷, 난 손발이 모두 꽁꽁 묶였어. 내가 해 줄 수 있는 게 아무것도 없어."라고 털어놓기도 한다. 이 족쇄의 이미지는 주인공이 놓인 비극적 상황을 상징적으로 보여 준다.

이 작품에서 지나 프롬이 사회적 인습과 제도를 대변하는 인물이라면 매티 실버는 개인의 자유를 대변하는 인물이다. 이선 프롬은 매티가 상징하는 '편안함과 자유로움'을 구하려고 하지만 사회는 오히려 그에게 지나가 상징하는 의무와 인습, 전통의 짐을 짊어지기를 강요한다. 이선은 이렇게 서로 상충하는 두 힘 사이에서 갈등을 빚고 있다. 어떤 의미에서 개인과 사회의 갈등은 영원히 해결할 수 없는지도 모른다. 두 힘 사이에서 어떤 조화와 균형을 꾀하는 것은 불과 얼음 사이에 조화와 균형을 꾀하는 것과 크게 다르지 않다. 개인의 자유를 보장해 주면 사회는 자칫 도덕적 무정부 상태에 빠지기 쉽다. 이와 반대로 사회의 제도와 인습에 무게를 싣다 보면 개인은 어쩔 수 없이 자유를 구속받게 된다. 이선이 결국 매티와 함께 그 질식할 것 같은 스탁필드를 탈출하지 못하고 자살이라는 나약한 방법을 선택한 것은 개인의 자유와 사회의 인습을 절충하기가 그만큼 힘들다는 방증이다.

어떤 의미에서 이디스 워튼은 20세기 초 미국의 사회 통념에서 크게 벗어나지 못한 듯하다. 숨 막힐 것 같은 도덕과 윤리의 굴레에서 벗어나려고 몸부림쳤지만 제대로 성공을 거둘 수 없었다. 그것은 이선이 매티와 함께 서부로 도피하지 못하고 죽음을 선택하는 사실에서 잘 드러난다. 언제가 워튼은 "삶이란 죽음 다음으로 가장 슬픈 것이다."라고 밝힌 적이 있다. 삶도 슬프고 죽음은 삶보다 더 슬프다는 말이다. 결국 인간은 이 작품 속 주인공들처럼 실존의 감옥에 사는 수인인 셈이다. 이 점에서 워튼을 '비관적 모럴리스트'라고 불러도 크게 틀리지 않을 것이다.

1885년에 『마담 보바리』가 처음 출간되었을 때 귀스타브 플로베르는 말할 것 없고 적지 않은 독자들이 "내가 바로 보바리다."라고 부르짖었다. 마찬가지로 『이선 프롬』을 읽으면서

"내가 바로 이선 프롬이다."라고 외칠 독자들이 적지 않을 것이다. 주인공은 우리 의식 밑바닥에 숨어 있지만 휴화산처럼 한 가닥 연기를 내뿜는 무의식이요 잠재의식의 표현일지 모른다. 도덕이나 윤리의 이름으로, 종교의 이름으로, 또는 문명의 이름으로 억압한 우리 자신의 내면 풍경이자 슬픈 자화상이기도 하다. 이 소설이 우리에게 가슴 뭉클한 깊은 감동을 가져다주는 것도 따지고 보면 사회화 과정을 통해 억압해 버린, 그러나 여전히 마음 깊은 곳에 도사리고 있는 원초적 본능과 충동을 건드리기 때문일 것이다.

5

『이선 프롬』에서 이디스 워튼은 기법과 형식에서도 혁명적인 변혁을 꾀한다. 자연주의 전통에 기반한 작품은 자칫 내용과 주제에만 관심을 기울일 뿐 기법과 형식에 소홀하다고 생각하기 쉽다. 그러나 워튼은 시인이 무색할 만큼 시적 이미지와 상징 등을 효과적으로 구사한다. 여기서 잠깐 워튼이 시집을 발간한 시인이라는 사실을 다시 한번 떠올릴 필요가 있다. 시적 감수성을 지닌 저자가 쓴 작품답게 이 소설은 아주 서정적이어서 마치 한 폭의 수채화를 보는 듯하다.

주제와 관련해 앞에서 이미 감옥의 이미지를 이야기했지만 이 작품에서 작가는 이 이미지 말고도 다른 이미지를 많이 사용한다. 가령 한겨울에 스탁필드에 휘몰아치는 사나운 날씨를 군대가 마을을 공격하는 모습에 빗대는 솜씨가 여간 놀랍지 않다.

　내가 그 지역에 좀 더 머물면서 수정같이 맑은 날씨가 지나가고 오랫동안 햇빛 한 점 볼 수 없는 추운 날씨가 계속되는 것을 보았을 때, 2월의 폭풍이 그 운명의 마을 주위에 흰 천막을 둘러치고 3월의 강풍이 난폭한 기병대를 이끌고서 이 폭풍을 지원하려고 돌진해 내려올 때, 나는 왜 스탁필드가 마치 굶주린 수비대가 살려 달라는 애원도 없이 항복하듯 여섯 달 동안의 포위에서 빠져나오는지를 이해하기 시작했습니다. 이십 년 전이면 저항의 방법이 훨씬 적었을 테고, 적도 포위된 마을들 사이의 접근로를 거의 완전히 손아귀에 넣고 있었을 겁니다. (13쪽)

이 글은 군대에 대해 별로 아는 것이 없을 듯한 여성 작가가, 그것도 미국의 시골 마을이 아닌 호화로운 파리의 저택에서 쓴 글이라고는 전혀 느껴지지 않는다. 2월에 눈보라가 휘몰아쳐 마을을 온통 흰 눈으로 덮어 버리는 것을 워튼은 마을 주위에 군대가 야영을 하려고 흰 천막을 둘러치는 것으로 묘사한다. 다른 지방 같으면 한겨울도 점차 물러나고 따뜻한 봄기운을 느낄 만한 3월에 오히려 아직 항복하지 않고 있는 스탁필드를 공격하기 위해 난폭한 기병대를 이끌고 2월의 폭풍을 지원하러 돌진해 온다는 묘사도 빛을 내뿜는다. 그런가 하면 스탁필드가 "마치 굶주린 수비대가 살려 달라는 애원도 없이 항복하듯 여섯 달 동안의 포위에서 빠져나"온다는 묘사도 놀랍기는 마찬가지다. 생각할수록 이미지와 비유를 구사하는 워튼의 솜씨가 보통 수준을 넘는다.

『이선 프롬』에서 작가가 구사하는 상징적 이미지 중에서도 색깔의 이미지는 중요한 몫을 차지한다. 이 작품을 한 가지 색깔로 표현한다면 다름 아닌 흰색이다. 버크셔산맥 근처에 위치한 스탁필드는 일 년 중 몇 달 동안 흰 눈으로 덮여 있다. 나무가 있는 숲과 말라비틀어진 덤불, 바윗덩어리가 보일 뿐 눈을 돌리는 곳마다 사방이 흰 눈이다. 허먼 멜빌의 『모비 딕』에서처럼 흰색은 무위와 절망과 죽음의 색깔이다. 흰색은 이선을 비롯한 작중 인물들이 영위하는 '삶 속의 죽음' 또는 '죽음 속의 삶'을 상징적으로 보여 준다.

한편 이 작품에서 붉은색이나 자주색은 흰색과 정반대의 상징적 의미를 지닌다. 주로 매티 실버와 관계있는 이 색은 젊음의 색깔이요 생명의 색깔이다. 매티는 체리색 스카프를 즐겨 두르며, 지나가 집을 비운 날 밤에는 자주색 리본을 맸다. 또한 지나가 없는 그날 밤 저녁 식탁에 매티는 지나가 아끼는 붉은색 유리 접시에 피클을 담아낸다. 그런가 하면 붉은색이나 자주색은 너새니얼 호손의 『주홍 글자』에서 헤스터 프린이 가슴이 달고 다니는 A 자처럼 죄의 색깔이기도 하다. 손목을 잡고 가볍게 입맞춤을 나누는 것이 고작이지만 매티와 이선의 관계는 어디까지나 '불륜'이라고 부를 수밖에 없다. 특히 기독교에서는 눈으로 호의를 표시하는 것은 물론이고 마음속에 호의를 품는 것조차 '간음'으로 간주한다는 사실을 염두에 둘 때 더더욱 그러한 생각이 든다.

그러나 기법이나 형식 면에서 무엇보다 눈길을 끄는 것은 구성 방법이다. 워튼은 이 작품에서 액자 소설의 형식을 취한다. 액자 소설이란 액자 속에 그림을 끼우는 것처럼 소설 속에 또 다른 소설, 이야기 속에 또 다른 이야기를 담는 구성 방법을 말한다. 이 작품은 아무런 숫자를 적지 않은 프롤로그와 에필로그를 포함해 일련번호가 붙은 아홉 개의 장까지 모두 열한 장으로 구성되어 있다. 프롤로그와 에필로그는 액자(현재 사건)이고, 그 중간에 삽입된 아홉 개의 장은 그림(과거 사건)에 해당한다.

프롤로그 첫머리에서 이름을 밝히지 않은 화자는 "나는 이 이야기를 여러 사람한테서 조금씩 얻어들었고, 이런 경우에 으레 그렇듯이 이야기는 들을 때마다 조금씩 달랐습니다." 라고 말한다. 여기에서 소설의 화자인 '나'는 코베리정션에 있는 발전소 일로 파견되었다가 목수들의 파업으로 일이 지연되어 그해 겨울의 대부분을 스탁필드에서 보내고 있는 엔지니어다. 그 뒤 어느 날 '나'는 이선 프롬이 모는 마차를 타고 역에 다녀오던 중 심한 눈보라를 만나 어쩔 수 없이 이선의 집에서 하룻밤을 묵게 된다. 프롤로그의 맨 마지막에서 "내가 이선 프롬에 관한 단서를 찾고 그의 이야기에 관한 이 환상을 짜 맞추기 시작한 것은 바로 그날 밤이었습니다."라고 밝혔듯이 '나'는 이날 밤 그 집에서 목격한 사실과 그동안 마을 사람들한테 들어 온 이야기를 바탕으로 이선에 관한 이야기를 짜 맞춘다. 에필로그 첫머리에서는 "내가 프롬네 부엌으로 들어가니 투덜거리는 단조로운 목소리가 그쳤습니다."라고 말한다. 9장에

작품 해설　187

서 '나'는 '환상'을 모두 끝내고 에필로그에 이르러 다시 현실 세계로 되돌아오는 것이다.

이러한 구성은 워튼이 다른 작품에서는 별로 사용하지 않았고 그렇게 좋아하지도 않은 기법이다. 헨리 제임스도 '야만적인' 서술 기법이라고 부른 적이 있을 만큼 20세기 초만 해도 작가들에게 별로 인기가 없었다. 이 소설이 처음 출간되었을 때부터 지금까지 많은 비평가가 이 액자 소설 기법을 문제 삼았다. 무엇보다 화자 '나'는 이선과 관련한 이야기를 서술하는 것 말고 이 작품에서 아무런 역할이 없기 때문이다. 특히 화자에게 이름이 없다는 익명성은 그의 역할을 더욱 의심하게 한다. 빗대어 말한다면 작품에서 이 서술 기법은 마치 살아 숨쉬는 나비를 잡아 액자 속에 넣어 둔 것처럼 인위적이고 부자연스럽다. 차라리 액자를 풀어 버리고 나비를 훨훨 날아가게 하는 쪽이 훨씬 더 자연스러울 것이다.

하지만 이디스 워튼은 이 기법에 대한 비평가들의 비판을 달갑지 않게 생각했다. 이 작품을 쓰면서 액자 소설 말고는 달리 다른 대안을 찾을 수 없었다고 밝혔다. 『뒤를 돌아보는 시선』에서는 "『이선 프롬』을 쓰고 나서야 비로소 나는 갑자기 예술가가 자신의 도구를 완전히 통제한다는 느낌을 받았다."라고 말하기도 한다. 작가의 말을 액면 그대로 받아들일 필요는 없지만 워튼이 이 작품에서 구사하는 서술 기법은 달리 생각해 보면 그 나름대로 의미를 지닌다. 이 기법은 작중 인물이 겪는 고통과 좌절과 절망을 완화하는 이점이 있다. 액자라는 필터를 거치지 않고 이선 프롬과 관련한 이야기를 직접 독자에게 전달했더라면 그 충격이 무척 컸을 것이다. 더구나 어떤 의미에서 주인공은 이선 프롬이 아니라 일인칭 화자인 '나'라고 할 수 있다. 실제로 신시아 그리핀 울프 같은 비평가는 이 소설이 '나'의 '환상'을 그린 작품이라고 주장한다. 어쩌면 '나'도 비록 꿈이나 환상을 빌려서나마 이선 프롬의 이야기를 통해 자신의 비극을 돌아보고 있는지도 모른다.

6

남성 못지않게 여성도 얼마든지 뛰어난 전업 작가가 될 수 있다는 사실을 여실히 보여 준 이디스 워튼은 여러 작가들로부터 영향을 받았다. 영국 문학에서는 로버트 브라우닝, 유럽 문학에서는 오노레 드 발자크 같은 작가한테 영향을 받았다고 밝혔다. 두말할 나위 없이 워튼은 미국 소설 전통에서도 자양분을 흡수했다. 앞에서 이미 밝혔듯이 헨리 제임스와 교류를 맺으면서 직접 또는 간접으로 영향을 받았다. 가령 문체를 갈고닦은 점이라든지, 작중 인물들의 복잡한 도덕에 관심을 둔다든지, 주인공들의 미묘한 심리 변화에 주의를 기울인다든지 하는 점에서 두 작가는 적잖이 닮았다. 또한 두 작가는 자유를 갈구하는 영혼이 질식할 것 같은 상류 사회의 인습과 충돌을 빚는 과정을 즐겨 다루었다.

그러나 워튼이 헨리 제임스보다 더 영향을 받은 작가라면 아마 너새니얼 호손일 것이다. 물론 호손은 미국 문학사에서

낭만주의 전통을 이끈 작가이고, 워튼은 리얼리즘이나 자연주의 전통에 서 있는 작가다. 이러한 문학 전통과 사조를 떠나 두 작가는 서로 비슷한 점이 적지 않다. 특히 『이선 프롬』을 읽다 보면 호손에게서 받은 영향을 어렵지 않게 찾아볼 수 있다. 예를 들어 작중 인물들의 이름에서부터 호손의 작품이 떠오른다. 이선 프롬의 '이선'은 호손의 단편 소설 「이선 브랜드」의 주인공 이름을 빌려 왔다. '제노비아'도 호손의 『브라이스데일 로맨스』에 등장하는 인물이다. 또한 워튼은 뉴잉글랜드를 지리적 배경으로 삼는다. 더구나 음산하고 비극적인 분위기나 어조에서 두 작가는 서로 닮아 있다.

호손과 워튼의 공통점은 무엇보다 주제에서 찾아볼 수 있다. 두 작가는 인간의 정열과 사랑과 고통을 다룰 뿐 아니라 더 나아가 미국의 역사와 이데올로기를 문제 삼기도 한다. 신생 국가 미국이 지향하는 '미국의 꿈'이나 진보의 신화와 발전의 신앙에 대해 두 작가는 회의적인 태도를 보인다. 어떤 의미에서 호손과 워튼은 문학적 남매라고 불러도 크게 틀리지 않을 듯하다.

7

작중 인물들의 비참한 삶에 가려 겉으로 잘 드러나지 않지만 이디스 워튼은 『이선 프롬』에서 20세기 초 미국이 맞부딪치고 있는 여러 문제를 다룬다. 그중에서도 농촌 현실과 인종과 성차별 문제는 빼놓을 수 없다. 이선 프롬의 비극은 이 무렵 미국 사회의 비극과 맞물려 있다. 실제로 이디스 워튼은 여러 작품에서 미국 사회에 대해 날카로운 비판을 가한다. 요즈음 들어 사회 비평가로서의 워튼에 주목하는 학자나 비평가들이 적지 않다.

남북 전쟁이 끝나고 난 뒤 미국의 농촌 현실은 비참하기 그지없었다. 전쟁에 패한 남부는 말할 것도 없고 전쟁에서 승리를 거둔 북부마저 그 후유증에 시달렸다. 최근에 역사학자들은 남북 전쟁이 끝나고 나서 뉴잉글랜드 지방의 경제 현실이 얼마나 가혹했는지를 새롭게 밝혀내어 관심을 끌었다. 중서부나 남부 지방과 달리 뉴잉글랜드에서는 오히려 인구가 줄어들었다는 사실은 이 점을 뒷받침한다. 코네티컷주에서는 전체 인구의 5분의 3이, 버몬트주에서는 4분의 3이, 뉴햄프셔주와 메인주에서는 거의 3분의 2가 줄었다. 이 작품의 시대적 배경인 20세기 초까지도 뉴잉글랜드는 여전히 경제적 어려움에서 크게 벗어나지 못하고 있었다. 이 점과 관련해 하먼이 이선 프롬을 두고 "저이는 스탁필드에서 너무 많은 겨울을 난 것 같아."라고 한 말은 시사하는 바가 자못 크다. 이 마을에 사는 다른 젊은이들은 벌써 도시로 빠져나가고 남아 있는 사람이 별로 없었던 것이다.

이렇게 농촌 인구가 눈에 띄게 급격히 줄어들었다는 것은 그만큼 농촌에 살기가 어려웠다는 뜻이다. 전쟁 뒤에 산업화와 공업화가 본격적으로 진행되면서 도시가 비대해질 대로 비대해진 반면 농촌은 더욱더 피폐해졌다. 이선은 화자인 '나'

와 함께 자기 농가로 들어가면서 본래 있던 '엘(L)'을 허물었다고 말한다. '엘'이란 보통 본채와 직각으로 지은 길고 지붕이 높은 부속 건물로 헛간과 연장 창고를 거쳐 장작 창고와 외양간과 연결되는 곳을 가리킨다. 뉴잉글랜드 농가에서는 이 '엘'이 본채보다 더 중심적이고 초석과 같은 구실을 한다. 화자는 일부를 허물어 버린 집의 모습에서 썰매 사건으로 한쪽이 오그라든 이선의 육체를 본다. 그러나 집의 중요한 일부인 '엘'을 허물었다는 것은 폐인이나 다름없는 이선 한 사람에 그치지 않고 더 나아가 북부 농촌이 얼마나 곤경에 빠져 있었는지 상징적으로 보여 준다.

공업화와 함께 농촌에도 농업 기계가 도입되면서 전통적인 농업은 설 자리를 잃었다. 기계가 농업의 방식과 구조를 완전히 바꾸어 놓았다. 한 통계 자료에 따르면 남북 전쟁 이전에는 0.4헥타르에 해당하는 밀을 생산하기 위해 예순한 시간 동안 노동하던 것이 기계를 사용한 1900년에 이르러서는 세 시간 십구 분으로 줄었다. 그러나 값비싼 농기구를 구입할 수 없을뿐더러 지형 특성상 농기구를 사용하지 못하는 농촌 지역에서 이러한 기계는 그림의 떡이요 병풍 속의 닭일 뿐이다. 이선 프롬은 아무리 열심히 농사를 지어도 몇 안 되는 식구들 입에 풀칠하기도 어려울 정도다. 농장과 목재소는 이미 돈을 빌릴 수 있는 데까지 최대한으로 저당을 잡혔다. 스탁필드에서는 어디에 가서 단돈 50달러를 빌리기도 어려운 실정이었다.

비참한 농촌 현실 못지않게 젊은 여성들의 문제도 무척 심각했다. 매티 실버처럼 의지할 부모도 없고 그렇다고 결혼도

하지 않은 젊은 여성들이 살아갈 길이 막막했다. 도시로 가서 일자리를 찾을 수 있지만 그마저 쉽지 않았다. 이 무렵 유럽을 비롯한 세계 곳곳에서 이민자들이 몰려온 한편, 남북 전쟁 이후 정부가 벌인 이른바 '재개편' 사업이 실패로 돌아가면서 남부 흑인들이 한꺼번에 북부 도시로 몰려들었기 때문이다. 설령 매티가 도시에서 일자리를 찾는다고 해도 값싼 임금에다 열악한 근무 조건에서 장시간 노동을 하기 때문에 건강을 망치기 십상이었다. 헤어지는 날 이선이 이제 스탁필드를 떠나면 어떻게 살지 묻자 매티는 가게에서 일자리를 구해 보겠다고 대답한다. 이선은 "그런 일 하기 어려운 줄 뻔히 알면서 그런다. 공기도 나쁘고 하루 종일 서 있는 바람에 전에도 크게 고생했잖아."라고 대꾸한다. 실제로 매티는 스탁필드로 오기 전에 가게에서 일하다가 건강을 많이 해쳤고, 시골에 와서 사는 동안 간신히 몸을 회복했다. 결국 매티처럼 오갈 데 없는 젊은 여성은 친척 집에 얹혀살거나 최악의 경우에는 도시에 나가 매춘의 구렁에 빠지기 일쑤였다.

『이선 프롬』에서는 인종 문제도 관심을 끈다. 언뜻 보면 이 작품은 인종 문제와 비교적 무관한 것 같다. 그러나 좀 더 찬찬히 뜯어보면 그 나름대로 인종 문제를 다루고 있음이 밝혀진다. 미국의 흑인 소설가 토니 모리슨은 미국 문학 가운데 인종적 이데올로기에서 완전히 벗어나 있는 작품은 하나도 없다고 지적했다. 작가가 아무리 이 문제를 교묘히 감추어도 모든 미국 작품에서 '색깔의 시니피앙'을 찾아낼 수 있다는 것이다. 아니나 다를까 작품 첫머리에서 이러한 시니피앙을 찾을 수 있다.

폐인이나 다름없었지만 그때도 그는 스타필드에서 가장 사람의 눈을 끄는 인물이었습니다. 뭐 키가 커서는 아니었습니다. 그곳 '토박이들'은 후리후리하게 키가 커서 좀 더 땅딸막한 외부 태생의 종(種)들과는 쉽게 구별이 되었기 때문이지요.(8쪽)

여기에서 '토박이들'이란 이선처럼 미국 북부 지역에 오랫동안 터를 잡고 살아온 앵글로색슨 계통의 백인을 말한다. 물론 이 지역에는 인디언들이 먼저 살았기 때문에 어쩌면 '토박이'라는 말이 적절하지 않을지도 모른다. 그러나 이곳에 사는 백인들은 외부에서 온 사람들과 비교해서 역시 '토박이'요 '원주민'이라고 할 수 있다. 워튼은 앵글로색슨 계통의 백인을 "좀 더 땅딸막한 외부 태생의 종(種)들"과 이항 대립적으로 구분 짓는다. 토박이는 키가 후리후리하게 큰 반면에 외국에서 이민 온 '외부 태생의 종들'은 키가 작다.

그러고 보니 '종'이라는 말이 귀에 거슬린다. 영어로 '브리드(breed)'라는 이 말은 개나 소 같은 짐승을 가리킬 때 쓰지 사람에게는 좀처럼 사용하지 않는다. 앵글로색슨 계통이 아닌 다른 인종이나 민족을 낮추어 부르는 표현이다. 불과 몇십 년 전까지만 해도 이탈리아 사람이나 유태인들은 '백인'의 범주에 들어가지 않았다. 외모에서 보더라도 키가 후리후리하게 큰 토박이와 달리 땅딸막하기 때문이다. 엘리자베스 애먼스가 지적했듯이 이디스 워튼은 자신도 모르게 "미국에서 앵글로색슨계 백인들의 주도권이 점점 줄어드는 데 대해 지배 문화인 백인들이 느끼는 인종 차별적인 불안감"을 드러내고 있는지도 모른다.

올해로 『이선 프롬』이 출간된 지 백 년이 훌쩍 넘었다. 그렇다면 이 작품은 오늘날의 독자들에게 어떤 의미를 줄 수 있을까? 이 작품을 읽으면서 인간의 욕망과 도덕, 젠더와 결혼에 대하여 다시 한번 생각하는 독자들이 적지 않을 것 같다. 인간의 원초적인 욕망을 윤리나 도덕의 이름으로 억압해야 할까? 아니면 욕망을 자연스럽게 드러내고 충족시키는 것이 건강한 삶일까? 또한 요즈음 들어 부쩍 자주 입에 오르내리는 젠더와 결혼 문제에 대해서도 곰곰이 생각해 보게 한다. 우리는 지나를 몰인정하다고 비난만 할 수 있을까? 매티 실버는 과연 이선에게 구원의 천사인가? 이러한 질문에 답하는 것은 이제 독자의 몫이다.

2020년 여름
김욱동

작가 연보

1862년   본명은 이디스 뉴볼드 존스. 1월 24일 뉴욕시에서
         프레드릭(1846년 출생)과 해리(1850년 출생)에 이어
         셋째로 출생.

1866년   가족과 함께 유럽으로 이주.

1872년   유럽에서 가족과 돌아옴.

1877년   열다섯 살이 된 직후 남몰래 중편 소설 「속임수」
         완성.

1878년   시집 『시편』을 비밀리에 출간.《애틀랜틱 먼슬리》에
         시 게재.

1879년   뉴욕 사교계의 관습보다 일 년 일찍 사교계에 데뷔.

1880년   아버지의 건강 문제로 가족과 함께 다시 유럽으로
         떠남.

1882년   아버지 조지 프레더릭 존스가 프랑스 칸에서 사망.

어머니와 함께 3월에 다시 미국으로 돌아옴. 8월에 해리 레이든 스티븐스와 약혼. 10월에 결혼식을 연기한 후 뒤이어 파혼.

1885년   에드워드 ('테디') 워튼과 4월 29일 결혼. 예전 약혼자였던 해리 스티븐스가 몇 주 후 결핵으로 사망.

1890년   단편 「맨스테이 부인의 관점」《스크리브너스》에 게재.

1897년   오그던 코드맨과 함께 쓴 『실내 장식』 출간.

1899년   첫 단편집 『위대한 습성』 출간.

1900년   『시금석』 출간.

1901년   어머니 루크리셔 라인랜더 존스 사망. 두 번째 단편집 『결정적 사실』 출간.

1902년   첫 번째 장편 소설 『결정의 계곡』 출간. 남편과 함께 서부 매사추세츠주에 설계한 저택인 마운트로 이주.

1903년   『성역』 출간.

1904년   세 번째 단편집 『인간의 유래』 출간.

1905년   『환락의 집』 출간.

1907년   『나무의 과일』 출간.

1908년   이후 약 이 년에 걸쳐 지속된 모턴 풀러턴과의 불륜 관계 시작. 여행기 『프랑스 비행기 여행』 출간.

1909년   시집 『악타이온에게 아르테미스가』 출간. 프랑스 영주권자가 됨.

1911년   『이선 프롬』 출간.

1912년   『산호초』 출간.

1913년	에드워드 워튼과 이혼. 『그 고장의 풍습』 출간.
1914년	프랑스에 정착해 살면서 전쟁 구호 활동에 활발하게 참여.
1915년	프랑스 전선을 여덟 차례 방문하면서 목격한 참화를 묘사한 『싸우는 프랑스』 출간.
1916년	전쟁 구호 사업을 위한 기금 마련 목적으로 편집한 『집 없는 사람들의 책』 출간. 「싱구와 그 밖의 이야기들」 수록.
1917년	『여름』 출간.
1918년	전쟁 소설 『마른 전투』 출간.
1919년	1차 세계 대전에 참전한 미국 병사들에게 프랑스 문화를 설명하기 위해 쓴 에세이집 『프랑스 식과 그 의미』 출간.
1920년	『순수의 시대』 출간. 북아프리카와 서구 문명 사이의 문화적 비교를 강조한 여행기 『모로코에서』 출간.
1921년	『순수의 시대』로 퓰리처상 수상.
1922년	『달의 섬광』 출간.
1923년	예일 대학교에서 명예박사 학위 받음. 마지막으로 미국 방문. 전쟁 소설 『전선의 아들들』 발표.
1924년	네 편의 중편 소설을 묶은 『옛 뉴욕』 출간. 예술원에서 금메달 수상.
1925년	『어머니의 보상』 출간. 이론적인 글을 묶은 『소설 작법』 발표.
1926년	예술원 회원으로 선출됨.

1927년   『박명의 잠』출간.

1928년   에드워드 워튼 사망.『어린아이들』출간.

1929년   『허드슨 리버 브래킷티드』발표.

1930년   단편집『어떤 사람들』발표.

1932년   『허드슨 리버 브래킷티드』의 후편『신들이 도착하
          다』출간.

1934년   회고록『뒤를 돌아보는 시선』출간. 미완성 유작 소
          설『해적』집필.

1937년   8월 11일 사망. 프랑스 베르사유의 고나드 묘지에
          안장. 자신의 작품 중 최고의 초자연적 이야기가 되
          리라 기대했던 단편집『유령들』이 사후 출간.

1938년   미완성 소설『해적』을 유언 집행자인 가일라르 랩
          슬레이가 편집하여 출간.

세계문학전집 **367**

이선 프롬

1판 1쇄 펴냄   2020년 8월 14일
1판 7쇄 펴냄   2024년 7월 12일

지은이   이디스 워튼
옮긴이   김욱동
발행인   박근섭, 박상준
펴낸곳   ㈜민음사

출판등록   1966. 5. 19. (제 16-490호)
서울특별시 강남구 도산대로1길 62(신사동) 강남출판문화센터 5층 (우편번호 06027)
대표전화 02-515-2000   팩시밀리 02-515-2007
www.minumsa.com

© 김욱동, 2020. Printed in Seoul, Korea

ISBN 978-89-374-6367-9 04800
ISBN 978-89-374-6000-5 (세트)

세계문학전집 목록

세계문학전집은 계속 간행됩니다.